Edition Paashaas Verlag

AF191218

EPV

Die im Buch veröffentlichten Ratschläge wurden von der Verfasserin sorgfältig erarbeitet und geprüft. Eine Garantie kann dennoch nicht übernommen werden; ebenso ist eine Haftung der Verfasserin bzw. des Verlages und seiner Beauftragten für Personen-, Sach- und Vermögensschäden ausgeschlossen.

Namen und Begebenheiten in den Geschichten sind frei erfunden. Ähnlichkeiten mit lebenden Personen und tatsächlichen Begebenheiten sind nicht beabsichtigt, sondern rein zufällig.

Krimiparty
Sonderausgabe 7

Spezial-Ausgabe mit zwei Fällen aus BAYERN

- MorgenGrauen

- Neues aus Wulfrathshausen

Autor: Cornelia H.-Müller
Cover-Motiv: privat
Cover designed by Michael Frädrich
©Edition Paashaas Verlag, Hattingen
www.verlag-epv.de
ISBN: 978-3-945725-45-0
Neuerscheinung März 2016

Die Deutsche Nationalbibliothek verzeichnet diese Publikation in der Deutschen Nationalbibliografie; detaillierte bibliografische Daten sind im Internet über http://dnb.d-nb.de abrufbar.

Inhaltsverzeichnis

Kriminalfall Neues aus Wulfrathshausen   **ab Seite 62**

Vorwort

Liebe Leser,

in dieser Sonderausgabe sind gleich zwei Fälle aus Bayern enthalten. Wir empfehlen Ihnen, zunächst den Fall „MorgenGrauen" zu spielen. Er entführt Sie in den beschaulichen Ort Wulfrathshausen nach Oberbayern.

Der Fall „Neues aus Wulfrathshausen" schreibt die Geschichte fort; d.h., es kommen auch hier einige der Charaktere aus „Morgen-Grauen" vor.

Selbstverständlich handelt es sich aber um zwei völlig eigenständige Geschichten, die Sie ohne jede Vorkenntnis spielen und lösen können!

Viel Spaß bei Ihren Ermittlungen.

Einleitung

Mithilfe dieses Buches können Sie zu Hause gemeinsam mit Ihren Familienmitgliedern und Gästen auf Tätersuche gehen. Sie tauchen ein in einen spannenden Mordfall, ermitteln, befragen und bewerten Tatsachen und Aussagen.

Dabei werden von niemandem schauspielerische Fähigkeiten verlangt. Sie sitzen mit Ihren Mitspielern in gemütlicher Runde beisammen und versuchen gemeinsam, dem Täter auf die Spur zu kommen!

Zu jedem Krimi gibt es eine Geschichte des Verbrechens, die in der Runde vorgelesen wird und darüber informiert, was passiert ist, sowie Rollenbeschreibungen für alle Mitspieler und eine schlüssige Auflösung.

Die Krimis sind so angelegt, dass in einem Raum ermittelt wird. Ob Sie also im Wohnzimmer oder im Freien während eines Grillfestes versuchen, mit Ihren Gästen den Fall zu lösen, spielt keine Rolle.

Das Buch ist mit dem Internet gekoppelt.
Das benötigte Zubehör können Sie ganz einfach herunterladen und ausdrucken. Einladungen, Namensschilder, Kurztexte und Rollentexte finden Sie auf:

http://www.verlag-epv.de im Bereich Downloads unter Krimiparty.
Ihre Zugangsdaten lauten:
Benutzername: krimipartysb7
Passwort: hmueller16

So funktioniert ein Mitspielkrimi!
Erklärungen zur Durchführung

Lesen Sie die Grundgeschichte und die dazu gehörenden Rollen bitte gründlich durch. Überlegen Sie, welcher Mitspieler welche Rolle übernehmen soll. Es ist kein Problem, wenn einmal eine Dame eine Herrenrolle übernimmt oder umgekehrt. Wenn Sie allerdings auch mit ermitteln wollen, ohne zu wissen, wer der Täter ist, vergeben Sie die Rollen blind und lesen Sie keinesfalls die Auflösung durch. Auf diese Weise werden auch Sie als Gastgeber zum "echten" Ermittler.

Haben Sie einen Internet-Anschluss? Dann können Sie unter **www.verlag-epv.de** die einzelnen Rollen für Ihre Gäste herunterladen und ausdrucken. Sollten Sie diese Möglichkeit nicht haben, kopieren Sie sie aus dem Buch.

Die Rollentexte werden erst am Abend selbst an die Mitspieler vergeben. Versenden Sie sie bitte nicht mit der Einladung.

Bereiten Sie Namensschilder mit den Rollennamen für Ihre Gäste vor, diese werden am Spielabend mit einem Klebestreifen oder Klämmerchen für alle sichtbar angeheftet. Auch diese sind im Internet zum Download hinterlegt.

Drucken Sie die Kurzbeschreibung für Ihre Gäste aus; sie erleichtert den Einstieg und hilft, sich die neuen Spiel-Namen zu merken. Wenn möglich, drucken oder fotokopieren Sie für jeden Gast eine Kurzbeschreibung.

Der Spielablauf

Ihre Gäste werden sicher schon sehr gespannt sein, was sie erwartet. Damit Ihr Krimiabend zum Erfolg wird, noch folgende Tipps:

Schaffen Sie eine gemütliche Atmosphäre und vermeiden Sie zu helles Licht. Stellen Sie Kerzen oder kleine Lichter auf; dies schafft den richtigen Rahmen. Legen Sie bitte für jeden Gast Papier und Stift bereit. Notizen zur Geschichte und zu den einzelnen Aussagen der Mitspieler sind wichtige Stützen bei der Ermittlungsarbeit. Halten Sie bitte auch für jeden Gast die ausgedruckte Kurzbeschreibung des Falles bereit.

Haben Sie ein Abendessen für Ihre Gäste vorgesehen?

Dann dekorieren Sie die Kurzbeschreibungen mit auf der Tafel. Sie werden feststellen, dass es bereits beim Lesen dieser Information rege Gespräche und Verdächtigungen gibt. Wenn sich die Gäste untereinander noch nicht kennen, dient die Kurzbeschreibung ganz wunderbar als Eisbrecher.

Wenn Sie ein Menü mit mehreren Gängen servieren, gehen Sie wie folgt vor:

Verteilen Sie vor der Vorspeise die Namensschilder. Jeder Gast weiß nun, wen er heute Abend charakterlich vertritt.

Lesen Sie nach der Vorspeise den ersten Teil der Geschichte vor. Es ist in der Geschichte vermerkt, an welcher Stelle die Lesung unterbrochen werden kann, um den Hauptgang zu genießen.

Auf diese Weise wird Ihr Abend zu einem richtigen Krimidinner.

Nach dem Hauptgang lesen Sie den Rest der Geschichte vor.

Erst danach erhält jeder Gast seine persönliche Rolle, die aus Vorstellungstext und Geheimtext besteht. Diese Texte werden nun von den Mitspielern gründlich und vor allem diskret studiert. Wenn alle Gäste soweit sind und ihre Rolle gelesen haben, beginnt die Vorstellungsrunde. Alle Mitspieler lesen reihum ihren Vorstellungstext vor.

Der geheime Text enthält weitere Informationen und ergänzt die Geschichte; er wird nicht vorgelesen, sondern bietet Hintergrundideen, die jede einzelne Person zum Ermitteln benötigt und dann nach eigenem Geschick in die Ermittlungen einbringen kann. Der Mörder erfährt in seinem Geheimtext auch, dass er der Täter ist.

Nach der Vorstellungsrunde beginnen die Ermittlungen; durch Vorstellungs- und Geheimtext ergeben sich viele Fragen, die nun gestellt und beantwortet werden.

Lügen, darauf sollten Sie Ihre Gäste noch einmal hinweisen, darf wirklich nur der Täter. Alle anderen müssen sich nahe an der Wahrheit orientieren.

Wenn die Ermittlungen abgeschlossen sind, verteilen Sie Zettel, wo jeder seinen Namen und seinen Täterverdacht aufschreiben kann. Sammeln Sie die Zettel ein. Danach servieren Sie, wenn es vorgesehen ist, das Dessert.

Zum Abschluss lesen Sie als Gastgeber die Auflösung des Falles vor. Erst jetzt darf sich der Täter zu erkennen geben!

Geben Sie bekannt, wie viele anhand der eingesammelten Zettel den richtigen Täter ermittelt haben – eventuell machen Sie daraus sogar ein kleines Gewinnspiel, indem Sie etwas verlosen. Beenden Sie den Abend mit der Verlesung des Schlusswortes; dieses sorgt sicher noch einmal für viel Spaß.

Wenn Sie kein Abendessen, sondern nur einen kleinen Snack planen, gehen Sie wie folgt vor:

- Begrüßung der Gäste und Verteilung der Namensschilder und der Kurzbeschreibung
- Verteilung von Papier und Bleistift für Notizen
- Vorlesen der Grundgeschichte
- Verteilen der Rollentexte
- diskretes Studieren der Rollentexte
- Vorstellungsrunde
- Ermittlungen
- Täterverdacht aufschreiben lassen
- Verlesen der Auflösung
- Bekanntgabe, wer richtig ermittelt hat
- und wenn es vorgesehen ist, Ziehung des Gewinners
- Verlesen des Schlusswortes

Häufig gestellten Fragen zur Durchführung:

Frage: Weiß der Mörder, dass er der Täter ist?
Antwort: Ja, dies steht ausdrücklich im Geheimtext seiner Rolle.

Frage: Dürfen die Gäste schummeln und flunkern?
Antwort: Nur der Mörder darf dies tun. Die anderen sollten sich nahe an der Wahrheit orientieren.

Frage. Ich habe mehr Gäste als Rollen. Was nun?
Antwort: Wir haben in der Geschichte sogenannte Gastrollen vorgesehen. Wenn es heißt: 7-10 Mitspieler, gibt es 7 größere Rollen und 3 kleinere Gastrollen. Die größeren Rollen müssen, die Gastrollen können besetzt werden.

Sollten Sie die doppelte Anzahl Gäste haben, können Sie an 2 Tischen gleichzeitig spielen. Bereiten Sie Rollen und Zubehör zweimal vor, lesen Sie die Geschichte zentral vor und ermitteln Sie danach an 2 Tischen. Sie werden sehen, dass auch dies reibungslos funktioniert. Vermutlich werden die Tische zu ganz unterschiedlichen Ergebnissen kommen; es kommt immer ganz darauf an, wie sich die einzelnen Mitspieler verhalten.

Frage: Müssen alle Gäste ungefähr gleich alt sein?
Antwort: Nein. Wir haben in unseren Testrunden mit Personen jeden Alters in gemischten Gruppen gespielt. Unsere Mitspieler waren von 16 bis 80 Jahre alt, und allen hat es großen Spaß bereitet!

Frage: Muss alles aus dem Vorstellungstext auch vorgetragen werden?
Antwort: Ja, der Text der Vorstellungsrunde ist so angelegt, dass er wichtige Informationen gibt, ohne die die Ermittlungen rasch langweilig werden.

Frage: Meine Frage war hier nicht aufgeführt; ich benötige Hilfe.
Antwort: Wenden Sie sich bitte an glashauskrimi@glashauskrimi.de und schreiben Sie der Autorin eine Mail. Sie wird Ihnen alle anstehenden Fragen zum Gelingen Ihrer privaten Krimiparty gerne beantworten.

Die Einladung

Wenn Sie Ihre Gäste schriftlich einladen wollen, können Sie z. B. diesen Text als Vorlage nutzen. Im Internet finden Sie eine vorbereitete Einladung, die Sie ausdrucken können.

Einladung zur Krimiparty
Tatort: _____

Die Ermittlungen beginnen

am _____

um _____ Uhr.

Für das leibliche Wohl ist ebenso gesorgt, wie für spannende Unterhaltung, denn es gibt tatsächlich einen Mord aufzuklären. Klar, dass wir dabei deine/eure Unterstützung benötigen.

Falls ihr eine Lesebrille tragt, vergesst sie bitte nicht, denn ihr erhaltet selbstverständlich Akteneinsicht.

Ich würde mich sehr freuen, wenn du/ ihr komm(s)t.
    Herzliche Grüße

    Antwort bitte per Tel. _____

MorgenGrauen

Die Rollenverteilung
Diese Krimiparty ist für 7-10 Personen ausgelegt:
Bei 8 Personen: Rollen wie angegeben
Bei 9 Personen: Susi Hosenbein spielt mit
Bei 10 Personen: Mit Susi und dem unabhängiger Beobachter
Bei 7 Personen: Die Rollen von Polizist Schickerl und Xaver Moos-
gruber werden von einer Person vertreten.

Kurzbeschreibung
MorgenGrauen

Lokalnachrichten Tageblatt Wulfrathshausen

„Der Brauereibesitzer Konrad Weiblinger (72) wurde heute bei einem Jagdunfall im Wulfrathshausener Forst tödlich verletzt. Nähere Umstände zu dem tragischen Unglück sind bislang nicht bekannt. Der Unternehmer war weit über die Grenzen Bayerns hinaus bekannt und geschätzt. Besonders tragisch ist, dass Konrad Weiblinger am kommenden Montag die Münchner Immobilienhändlerin Susanne Schwammberger (34) heiraten wollte. Konrad Weiblinger hinterlässt neben einem Millionenvermögen einen Sohn und eine Tochter aus erster Ehe. Wir werden weiter berichten!"

Es spielen mit:
Xaver Moosgruber – Bürgermeister von Wulfrathshausen
Traudl Stacher-Weiblinger – Schwester von Konrad
Susanne Schwammberger – Verlobte von Konrad
Maximilian Weiblinger – Sohn Konrads
Linda Weiblinger – Tochter Konrads
Josefine Weiblinger – 1. Ehefrau von Konrad
Johannes Ortlieb – Kaufmännischer Direktor der Brauerei
Edwin Schickerl – Hauptkommissar Wache Wulfrathshausen
Susi Hosenbein – Sekretärin im Bürgermeisteramt
sowie neutrale Beobachter

Ein Wort zu den Spielregeln:
Alle Mitspieler sollten sich nahe an der Wahrheit orientieren; schwindeln darf nur der Mörder. Dieser muss allerdings vorsichtig sein; wird er beim Schwindeln erwischt, glaubt man ihm gar nichts mehr …

Viel Vergnügen und einen Mordsspaß bei den Ermittlungen!

Die Grundgeschichte zum Vorlesen
MorgenGrauen

Das ist passiert:
Xaver Moosgruber betrat am Donnerstag gegen 10:00 Uhr die kleine Polizeistation von Wulfrathshausen. Der Polizist Edwin Schickerl saß über die Tageszeitung gebeugt an seinem Schreibtisch und biss soeben herzhaft in die Leberkäs-Semmel.
„Ah, der Bürgermeister", rief er mit vollem Mund und kaute hastig schneller. Dann schluckte er, wischte sich mit der rechten Hand über die Lippen und grummelte:
„Wo brennt's denn, so früh am Morgen?"
Xaver Moosgruber trat näher.
„Schickerl", sagte er dann ernst. „Bei mir oben in der Jagdhütten hams einbrochen!"
„Woos? Einbrochen hams! Ja sakra, die Sauburschen. Is denn wo's g'stohlen?"
Bürgermeister Moosgruber nickte besorgt.
„Ja, Schickerl", sagte er dann. „Die Baroness ist weg!"
Entsetzt ließ Schickerl die Semmel auf die Zeitung sinken.
„Na", sagte er dann ehrlich bestürzt, „doch net die Baroness! So a schön's Gwehr."
Er blickte den Moosgruber ernst an.
„Du hast sie aber scho vorschriftsmäßig im Waffenschrank abgsperrt, oder?"
Moosgruber verzog fast schmerzhaft das Gesicht.
Dann flüsterte er:
„Das ist es ja grad. I hob's zwar im Waffenschrank gestellt, aber vergessen, ihn abzusperren."
Schickerl kratzte sich am Kopf.
„Dös ist sehr schlecht für deinen Jagdschein, Bürgermeister. Dös weißt scho, gell?"
Der Bürgermeister nickte. „Mei, Schickerl, mir kenna uns jetzt scho so lang … und da dacht ich ... du weißt scho ... des man da vielleicht diskret ermitteln könnte. Ein Mann mit deinen Fähigkeiten! Der muss doch net alles gleich an die große Glocken hängen,

oder?"
Schickerl überlegte kurz, dann bot er dem Bürgermeister mit einer Handbewegung den Stuhl gegenüber an.
„Also Bürgermeister", sagte er dann, „hock dir her und verzähl mir alles. Und dann schaun mir weiter, gell!"

Der Morgen dämmerte bereits über dem Wulfrathshausener Forst, als der Jäger, bekleidet mit einem weißen Kapuzenoverall, an diesem Freitag in aller Frühe die Leiter zum Hochsitz erklomm. Oben angekommen stellte er das noch gut verpackte Gewehr in eine Ecke und nahm ein Fernglas aus dem mitgebrachten Rucksack. Der Blick zur gut 180 Meter entfernten Lichtung war einwandfrei, von hier würde man das Ziel kaum verfehlen können.

Der Besitzer der Jagd und auch dieses Hochstands war Xaver Moosgruber, der Bürgermeister von Wulfrathshausen. Moosgruber hatte gegenüber dem Ausguck eine kleine Holzbank einbauen lassen. Auf diese setzte sich der Jäger nun und packte die Blaser Kipplaufbüchse R95 Baronesse aus. Sie war ausgestattet mit einem dämmerungstauglichen Zielfernrohr und absolut geeignet für Schüsse bis 200 Meter auf Rot- und Schwarzwild. Ein schönes Gewehr mit langen Seitenflächen, Achtkantlauf und goldenem Abzug. Besonders auffällig war die attraktive Gravurauswahl aus Tier- und Ornamentmotiven, die jeweils seitlich auf der Waffe aufgebracht war. Fast liebevoll wurde die Büchse nun geladen.
Probehalber legte er sie an und richtete den Lauf auf die Lichtung. Obwohl sich das Tageslicht erst mühsam den Weg durch die Baumkronen suchte, war die Sicht durch das Dämmerungszielfernrohr einwandfrei. Zufrieden stellte er die Büchse ab und setzte sich erneut auf die kleine Holzbank. Nun hieß es abwarten.

Konrad Weiblinger hatte seinen Wagen gegen 05:00 Uhr am Wanderparkplatz des Wulfrathshausener Forst abgestellt. Die letzten gut 2000 Meter bis zur Lichtung musste er zu Fuß zurücklegen. Der Anstieg war mühsam, aber dem sportlichen Weiblinger fiel der Weg, trotz seiner 72 Jahre, nicht schwer.

Nach gut 10 Minuten passierte er die Jagdhütte von Xaver Moos-gruber, die zu seiner linken auf einer kleinen Anhöhe stand. Die frisch gestrichenen Holzläden waren verschlossen; nur eine schwarze Katze lag auf dem Vespertisch vor der Hütte und putzte ihr glänzendes Fell.
Nach weiteren 10 Minuten erreichte er die große Lichtung. Die ersten Sonnenstrahlen suchten sich ihren Weg durch die Bäume und hüllten den Wald in ein warmes, fast geisterhaft anmutendes Licht. Weiblinger sah auf die Uhr; er war gut in der Zeit. Für einen Moment schloss er die Augen und zog die frische Wald-luft tief in seine Lungen.

Genau in diesem Moment fiel ein Schuss. An der Jagdhütte sprang die schwarze Katze erschrocken vom Tisch, während Weiblinger auf der Lichtung strauchelte und dann, in die Brust getroffen, auf den Rücken kippte. Das Letzte was Konrad Weiblinger in seinem Leben empfand, war grenzenlose Verwunderung. Dann wurde es Nacht.

Der Jäger im weißen Overall packte die Baroness sorgsam zurück in die Schutzhülle. Bevor er den Hochsitz verließ, sah er sich noch einmal gründlich um. Es war wichtig, auch nicht die kleinste Faser zu hinterlassen. Dann nahm er seinen Rucksack und die Büchse und kletterte behände die Leiter hinunter.

Wulfrathshauser Tageblatt: Lokalnachrichten

Heute, am frühen Morgen, wurde der
Brauereibesitzer Konrad Weiblinger (72)
bei einem Jagdunfall im Wulfrathshausener Forst tödlich verletzt.
Nähere Umstände zu dem tragischen Unglück sind bislang nicht
bekannt.

Der Unternehmer war weit über die Grenzen Bayerns hinaus bekannt und geschätzt.
Besonders tragisch ist, dass Konrad Weiblinger am kommenden
Montag die Münchner Immobilienhändlerin
Susanne Schwammberger (34) heiraten wollte.

Konrad Weiblinger hinterlässt neben einem Millionenvermögen
einen Sohn und eine Tochter aus erster Ehe.

Wir werden weiter berichten.

An dieser Stelle können Sie den Hauptgang servieren.
Danach lesen Sie bitte weiter vor:

Es war ein schwarzer Tag für Wulfrathshausen. Die Beerdigung von Konrad Weiblinger hatte sehr viele Besucher in den kleinen Ort mitten in Oberbayern geführt und die Friedhofskapelle war bis auf den letzten Platz besetzt.
Der prächtige Eichensarg stand aufgebahrt vor dem Altar. Obenauf lag ein gewaltiger Kranz mit roten Rosen und auf der dazugehörenden weißen Schleife stand in blutroten Lettern: *Deine Susanne.*

In den schmalen Holzbänken der ersten Reihe saßen auf der linken Seite Konrads Schwester Traudl Stacher-Weiblinger, der Bürgermeister Xaver Moosgruber, sowie Linda, die Tochter des Toten.

Auf der rechten Seite saß, wie erstarrt, Susanne Schwammberger und gleich daneben Johannes Ortlieb, der kaufmännische Direktor der Brauerei.
Gerade als der Organist in die Tasten griff und zum Beginn des Trauergottesdienstes das Lied "Wir danken Dir, Herr Jesu Christ" anstimmte, öffnete sich mit lautem Quietschen die schwere Holztür der Kirche und ein junger Mann in schwarzer Lederkluft betrat die Kapelle.
„Mei … der Max!", raunte es quer durch die Kirchenbänke. Alle Köpfe drehten sich herum und richteten ihre Augen auf Max Weiblinger, der nun raschen Schrittes nach vorne zum Altar eilte, sich vor dem Sarg kurz verbeugte und dann zwischen seiner Schwester Linda und Tante Traudl in der ersten Reihe Platz nahm.
Das Getuschel in den Bänken beruhigte sich erst, als der Organist das Eingangslied beendet hatte und der Pfarrer in die Kanzel stieg. Er sprach sehr schön, der Herr Pfarrer.

Tüchtig und ein Vorbild sei er gewesen, der Konrad, und sein Lebenswandel einwandfrei und beispielhaft. Großzügig habe er für die Kinder im Dorf einen Spielplatz gestiftet und für das Altenheim die Bänke im Garten. Als Unternehmer habe er für Arbeitsplätze gesorgt und als CSU-Mitglied sei er stets für die Belange des Landkreises eingetreten. Ja, man dürfe stolz darauf sein, einen solchen Bürger in der Wulfrathshausener Mitte gehabt zu haben.

An dieser Stelle darf angemerkt werden, dass nicht jeder in der Kirche diese freundliche Auffassung vom Wesen des Verstorbenen teilte, was hier und da mit einem unauffälligen Kopfschütteln quittiert wurde.

Als der Sarg jedoch später von 8 kräftigen Mitarbeitern der Brauerei hinaus zur Grabstelle der Weiblingers getragen wurde, blieb kein Auge trocken und während der Brauereichor am offenen Grab das Ave Maria sang, erreichte der dramatische Abgang des Konrad Weiblinger seinen Höhepunkt.

Nach der Bestattung lud die Familie ins Restaurant zur Post. Während die geladenen Gäste im König-Ludwig Saal ein 3-Gänge-Menü verspeisten, saßen vorne in der Gaststube die Wulfrathshausener Bürger und viele Mitarbeiter der Brauerei und labten sich am spendierten Streuselkuchen und dem kostenlosen Weiblinger Weißbier.
Das Thema an allen Tischen war nicht das tragische Ende vom Weiblinger, sondern das unerwartete Auftauchen von dessen Sohn Max der Kirche.

Stunden später:
Xaver Moosgruber stand am offenen Fenster seines Büros im Bürgermeisteramt und holte gerade seine Schnupftabakdose aus der Westentasche, als Fräulein Hosenbein, seine Vorzimmerdame, anklopfte und ihren Kopf zur Türe hinein steckte.
„Herr Bürgermeister, da ist eine Frau Weiblinger für Sie!"
„Die Linda? Sie soll reinkommen ..."
Xaver Moosgruber ging ein paar Schritte auf Frau Hosenbein zu und bemerkte ihr Zögern!
„Was ist denn los? Oder meinen's vielleicht die Traudl Stacher-

Weiblinger?"

„Na", sagte Fräulein Hosenbein, „I mein die …"

In diesem Moment wurde die Sekretärin von einer energischen Dame mittleren Alters zur Seite geschoben.

„Nein, sie meint mich, mein lieber Xaver. Ich bin´s, Josefine. Die erste Frau des lieben Verstorbenen und Mutter seiner Kinder!" Mit diesen Worten schob sie das Fräulein Hosenbein zur Türe hinaus und schloss dieselbe.

Xaver Moosgruber sah sprachlos zu, wie Josefine in einem der rustikal gemütlichen Sessel Platz nahm, sich eine Zigarette ansteckte und die Beine übereinander schlug. Sie blies den Rauch genüsslich aus und sah ihn provozierend an.

„Mit mir hast du wohl nicht gerechnet, was?"

Der Bürgermeister fing sich.

„Was für eine Überraschung, dich hier zu sehen. Das muss ja mindestens 20 Jahre her sein, dass du das letzte Mal hier warst."

Josefine lachte …

„25 Jahre, um genau zu sein! Und ich bin sicher, du freust dich wie deppert, mich wiederzusehen, oder?"

Linda saß nachdenklich in der Küche ihres Appartements und trank ein Glas Wein. Der verlorene Sohn war zurück, damit hatte sie nicht gerechnet. Nach der Beerdigung hatte Max ihr gegenüber keinen Zweifel daran gelassen, dass er ab Montag wieder seinen alten Platz in der Leitung der Brauerei einnehmen würde. Obwohl Linda ihren Bruder zweifellos liebte und in den letzten 2 Jahren auch sehr vermisst hat, ärgerte sie diese Wendung der Sachlage sehr.

Max stand am nun zugeschütteten Grab seines Vaters. Die Friedhofsarbeiter hatten die vielen Kränze geschickt angeordnet und ganz obenauf lag Susannes prachtvolle Gebinde mit den roten Rosen. Kurz entschlossen nahm Max den Kranz und trug ihn am Friedhofseingang zum Abfallcontainer. Dort sollte ihn jeder Friedhofsbesucher im Müll liegen sehen.

Johannes Ortlieb war nach der Beerdigung gleich wieder in die Brauerei gefahren und an seinen Schreibtisch zurückgekehrt. Nun zog er die linke Schreibtischschublade auf und nahm einen Briefumschlag heraus. Er legte denselben in den Reißwolf und drückte auf den Knopf mit der Aufschrift „ON". Langsam fraß sich der Brief durch den Schredder. Ortlieb betrachtete nachdenklich die kleinen Papierstreifen, die auf der anderen Seite des Gerätes herausfielen. Das Schreiben hatte jeden Gegenstand verloren. Durch den Tod des Chefs hatten sich die Dinge grundlegend geändert.

Traudl Stacher-Weiblinger lag im Bett ihres kleinen Appartements in der Weiblingschen Villa und sah sich um. Die Umzugskisten hatte sie bereits zum Teil schon wieder ausgepackt und Susanne vor die Schlafzimmertüre im 1. Stock gestellt. Die Hochzeit am Montag fiel aus und somit würde nicht Traudl, sondern Susanne ihre Siebensachen packen müssen. Zufrieden löschte Traudl das Licht.

Susanne Schwammberger warf sich im Bett hin und her und fand keinen Schlaf. Schließlich stand sie auf, nahm ihr Handy aus der Handtasche und tippte eine Nummer ein. Es dauerte eine Weile, dann wurde abgehoben. „Ich bin es, Susanne", sagte sie leise. „Können wir uns sehen?" Der Angerufene zögerte einen Moment, dann wurde die Leitung unterbrochen.

Edwin Schickerl saß in seinem Büro, studierte die Unterlagen der Ballistiker und der Spurensicherung und stöhnte leise vor sich hin. Der Fall lag gänzlich anders, als er bisher angenommen hatte. Bei dieser Sachlage war an einen Jagdunfall nicht mehr zu denken. Wenn er den Fall nicht schnell und diskret lösen konnte, musste man ihn in den nächsten Tagen unweigerlich nach München an die Kommissare Leitmeyer und Batic abgeben. Schickerl war entschlossen, das zu verhindern und griff zum Telefon.

Als er am Abend in der Villa des Verstorbenen eintraf und von

Olga, der Haushälterin, ins Wohnzimmer geführt wurde, hatte sich dort bereits eine bunt gemischte Gesellschaft eingefunden. Trotzdem sprach niemand ein Wort. Schweigend saßen die Anwesenden beieinander und würdigten sich kaum eines Blickes. Nacheinander begrüßte Schickerl die Geschwister Linda und Max Weiblinger, Traudl Stacher-Weiblinger, Johannes Ortlieb sowie Susanne Schwammberger.
Noch bevor er das Wort ergreifen konnte, kamen 2 weitere Besucher dazu. Xaver Moosgruber betrat in Begleitung von Josefine Weiblinger das Wohnzimmer, was die Stimmung nicht unbedingt verbesserte.

„Also Schickerl", polterte der Bürgermeister. „Wo's hast du dir dabei bloß gedacht? Was soll des werden hier heut Abend?"
Schickerl lächelte.
„Abwarten Moosgruber, gell. Immer schee abwarten."

Dann stand er auf und erhob das Wort.

Es folgt die Vorstellungsrunde; bitte lesen Sie die Vorstellungstexte reihum in der auf den Rollen angegebenen Reihenfolge vor.

Vorstellungstext Edwin Schickerl
- Polizei Wulfrathshausen-
(Bitte als Erster in der Runde vorlesen)

Meine Damen, meine Herren, ich hab Sie natürlich net ohne Grund hergebeten. Zuerst des Allerwichtigste: Mir, die Polizei, können die Theorie eines Jagdunfalls im Todesfall Konrad Weiblinger nimmer aufrechterhalten. Tatsache ist, und dös wurde durch die Spurensicherung nachgewiesen, dass gegen 05:30 Uhr vom Hochsitz des Herrn Moosgruber der tödliche Schuss abgegeben wurde. Die Sichtlage war so gut, dass wir davon ausgehen müssen, dass absichtlich auf den Weiblinger g'schossen wurde. Es kann eine Verwechslung mit einem Wild ausgeschlossen werden. Die Leich wurde dann später, gegen 10:00 Uhr, von einem Wanderer gefunden. Heut in der Früh hat sich bei mir auf dem Revier eine Zeugin gemeldet. Sie hat den Schuss gehört, weil sie ganz in der Nähe vom Hochstand Schwammerln gesammelt hat.

Kurz darauf ist in etlicher Entfernung a Person durch den Wald gelaufen, die einen weißen Overall, so, wie man ihn zum Renovieren im Baumarkt kriegt, getragen hat. Da es im Wald ja wohl nix zum Renovieren gibt, geh I amol davon aus, dass des der Täter gewesen sein könnt. Leider konnte die Zeugin keine nähere Beschreibung abgeben; sie war einfach zu weit fort. Auf dem Hochstand gab es diverse DNA-Spuren, die wir dem Moosgruber, dem Konrad Weiblinger selbst, der Susanne Schwammberger und auch von der Traudl Stacher-Weiblinger zuordnen konnten.
Alles Leut, die regelmäßig den Hochstand benutzt haben. Ansonsten war der Hochstand sauber. Was wollt der Konrad Weiblinger in aller Frühe da oben auf der Lichtung? Er wurde zirka gegen 05:30 Uhr erschossen, soviel steht fest. Als er gefunden wurde, hatte er dabei: Autoschlüssel, Haustürschlüssel, Papiere und ein Taschentuch. Merken Sie was?

Er hatte kein Gewehr dabei, wollte also nicht zur Jagd. I bitt Sie jetzt alle der Reihe nach, sich kurz vorzustellen und dann anschließend mit dazu beizutragen, dass mir den Fall hier intern lösen, bevor er nach München übertragen wird und dann alles von den Großkopferten genau unter die Lupe genommen wird.

Dös wollen wir doch alle net, oder?

Den Fall, den lösen wir selbst!

Geheimtext Edwin Schickerl

Weitere Informationen für dich! Du darfst von all diesem Wissen in der Ermittlungsrunde Gebrauch machen! Wenn du etwas gefragt wirst, solltest du die Wahrheit sagen, denn du bist nicht der Täter und hast nichts zu befürchten.

Was du sonst noch über den Fall weißt:
- Der Mord wurde laut Ballistik mit einer Baronesse R95 begangen.
- Vor der Hütte vom Moosgruber wurden nach der Tat frische Spuren eines Motorrades gefunden.
- Der Täter hat über eine Distanz von 180 Metern geschossen. 1 Schuss, 1 Treffer.

Kläre also zunächst folgende Fragen:
Wer von den Anwesenden ist ein guter Schütze?
Wer fährt Motorrad?
Wer hat den Weiblinger so gehasst oder gefürchtet?
Ist die geplante Hochzeit das Motiv für die Tat oder gibt es noch andere Gründe?
Wo waren die Anwesenden zur Tatzeit?

Und noch was:
Du hast für den Bau deines Hauses ein Darlehn von Konrad Weiblinger erhalten über 80.000 Euro. Leider bist du mit den Rückzahlungen etwas im Verzug. Der Weiblinger war aber großzügig und du hast im Gegenzug dann schon mal übersehen, wenn er mit 5 verzehrten Weißbier noch mit dem Auto heimgefahren ist.

Nach den Ermittlungen schreibt jeder auf, wen er für den Täter hält, und später lösen wir den Fall gemeinsam auf.

Vorstellungstext Xaver Moosgruber, Bürgermeister
(Bitte nach Edwin vorlesen)

Meine Damen, meine Herren, ein Mord in Wulfrathshausen, also dös hät I mir ja niemals vorstellen können. Und dann auch noch in meinem Jagdrevier. A riesen Sauerei is des.

Der Weiblinger und I waren beste Freude, all die Johr, gell. Jeder hier weiß dös. I hob sicher keinen Grund gehabt, ihn zu erschießen. Zur Tatzeit hob I noch g'schlafen. Natürlich gibt's da keine Zeugen, denn I leb ja allein. Meine DNA-Spuren sind logischer Weise auf dem Anstand, es ist ja mein Hochstand und I war recht oft dorten. Die Susanne macht grad den Jagdschein und war zusammen mit dem Konrad auch dort und die Traudl natürlich ebenfalls. Wir ham den Hochstand übrigens erst vor gut 8 Wochen dort aufbaut.

Früher stand er gut 800 Meter weiter oben, aber da ist uns selten a Viech vor die Flinten g'laufen. Neben meiner Bürgermeistertätigkeit besitze ich noch aan Baumarkt, oben an der Hauptstraße. I bin a vielbeschäftigter Mensch, des können's sich ja sicher denken, gell. So, nun hoff I, dass der tüchtige Herr Schickerl den Fall recht schnell aufklärt, bevor sich die Münchner Kommissare hier tummeln. Da hat er scho recht, der Schickerl.

Geheimtext Xaver Moosgruber

Weitere Informationen für dich! Du darfst von all diesem Wissen in der Ermittlungsrunde Gebrauch machen! Wenn du etwas gefragt wirst, solltest du die Wahrheit sagen, denn du bist nicht der Täter und hast nichts zu befürchten.

Was du sonst noch über den Fall weißt:

Du hattest vergangene Woche heftigen Streit mit dem Konrad. Grund: Konrad und Traudl besitzen zu gleichen Teilen ein großes Grundstück oben am Waldrand. Du besitzt das Nachbargrundstück und willst einen Golfplatz bauen. Dazu brauchst du das Land der Weiblingers. Du hast 1,2 Millionen geboten, aber der Konrad wollte partout nicht verkaufen.
Die Traudl schon; sie hätte das Geld auch gut gebrauchen können, aber der Konrad blieb stur bei seinem „Nein" in der Sache.

Die Baronesse hat früher der Traudl gehört. Du hast sie vor 1 Jahr für einen Spottpreis von ihr gekauft, als sie knapp bei Kasse war. Sie ist, bis auf das Grundstück, völlig mittellos, denn ihr verstorbener Mann, der Alfons Stacher, hat all ihr geerbtes Geld durchgebracht. Auch Traudl ist eine gute Schützin.

Josefine wurde seinerzeit schuldig geschieden. Der Konrad wollte sie preiswert loswerden. Du hast ihm dabei geholfen, indem du sie auf die Jagdhütte gelockt hast. Konrad hat euch ″in flagranti" erwischt, obwohl gar nichts passiert war. Du hast im Scheidungsprozess aber anderes ausgesagt. Damals galt noch das Schuldprinzip. Josefine musste Haus und Hof ohne jede Abfindung verlassen und auch die Kinder zurücklassen. Sie hat sicher eine ordentliche Portion Wut auf euch beide. Josefine war früher Schützenkönigin im Ort. Ob sie heute noch schießt, weißt du allerdings nicht.

Den Johannes Ortlieb konnte der Konrad nicht leiden, weil er im Betriebsrat aktiv ist. Konrad hat dir noch am Donnerstag gesagt, er würde ihn rausschmeißen, weil er sich an die Linda rangemacht hat. Ein Gewerkschafter in der Familie, das hätte der Konrad nie erlaubt.

Und ja, in deinem Baumarkt kann man weiße Einweg-Overalls zum Renovieren kaufen. Sie laufen recht gut.

Nach den Ermittlungen schreibt jeder auf, wen er für den Täter hält, und später lösen wir den Fall gemeinsam auf.

Vorstellungstext Josefine Weiblinger
(Bitte nach Xaver vorlesen)

Ich bin Josefine, die geschiedene Frau vom Konrad. Vor 25 Jahren hat mich der Konrad von Haus und Hof gejagt, wie eine Aussätzige. Sogar die Kinder musste ich hier lassen; ich wurde schuldig geschieden und bekam keinen Pfennig. Er hat mir damals, mit Hilfe eines Freundes, eine ganz miese Falle gestellt. Darin war er großartig, der Herr Brauereibesitzer. Hauptsache, er war mich billig los und er hatte die Kinder. In Spanien habe ich mir eine neue Existenz aufgebaut. Heute besitze ich in Palma 3 Hotels.

Vor 2 Jahren kam der Max zu mir, auch ihm hat sein Vater übel mitgespielt. Zu Linda und Max hatte ich die ganzen Jahre einen guten Kontakt. Daher bin ich auch zur Beerdigung angereist. Ich möchte den beiden jetzt einfach beistehen. Linda stand ja ganz furchtbar unter der Fuchtel des Vaters; ich glaube, sie hatte regelrecht Angst vor ihm. Leider wollte sie nicht zu mir nach Spanien kommen, es wäre ihr sicher gut bekommen.

Aber zu was anderem:
Was wäre im Falle der Hochzeit am Montag eigentlich aus Traudl geworden? Wohnt sie nicht auch in der Villa? Ihr Mann, Alfons, ist ja jetzt auch schon Jahre tot und soviel ich weiß, hat sie kein eigenes Haus mehr.

Geheimtext Josefine

Weitere Informationen für dich! Du darfst von all diesem Wissen in der Ermittlungsrunde Gebrauch machen! Wenn du etwas gefragt wirst, solltest du die Wahrheit sagen, denn du bist nicht der Täter und hast nichts zu befürchten.

Was du sonst noch über diesen Fall weißt:

Vor 25 Jahren hat der Moosgruber dich umgarnt und in seine Jagdhütte gelockt. Der Konrad hat euch dann dort „erwischt", obwohl gar nichts passiert war. Der Moosgruber hat bei der Scheidung für den Konrad ausgesagt und du musstest ohne jeden Pfennig den Hof und die Kinder verlassen. Dein Mann war charakterlos.

Das musste auch der Max erfahren, mehr dazu erfährst gleich, wenn Max sich vorstellt.

Du bist schon 2 Tage vor dem Mord in München angekommen und hast dich mit Konrad im Hofbräuhaus getroffen. Du wolltest erreichen, dass er sich vor der Hochzeit mit dem Max versöhnt. Konrad war aber unerbittlich.
„Wer einmal gegangen ist, braucht nicht mehr zurückkommen", war seine Devise. Dann, plötzlich am Donnerstagabend, so gegen 21:00 Uhr, rief er dich an und wollte den Max doch sprechen. Konrad war emotional sehr aufgewühlt. Irgendetwas war vorgefallen, was seine Meinung geändert hat. Du hast ihm Max′ Handy-Nr. gegeben, weißt aber nicht, ob die beiden wirklich telefoniert haben.

Linda und Ortlieb haben sich verliebt, dies hat Linda dir anvertraut. Der Konrad sollte aber nichts davon wissen, denn Ortlieb ist seit einiger Zeit aktiv in der Gewerkschaft tätig. Das war für den Konrad ein Grund, ihn rundweg abzulehnen. Auch darüber hast du im Hofbräuhaus mit Konrad gesprochen. Du wolltest erreichen, dass er Johannes Ortlieb als Lindas Freund akzeptiert. Dies war ein Fehler, denn Konrad war über diese Verbindung total empört und hat sich furchtbar aufgeregt darüber.

Nachdem der Treff im Hofbräuhaus ohne jedes Ergebnis geendet hat, hast du am Donnerstag die Susanne Schwammberger angerufen und ihr erzählt, was der Konrad damals mit dir gemacht hat und wie er dir die Kinder weggenommen hat. Susanne war schockiert, das hast du gemerkt.

Nach den Ermittlungen schreibt jeder auf, wen er für den Täter hält, und später lösen wir den Fall gemeinsam auf.

Vorstellungstext Max Weiblinger
(Bitte nach Josefine vorlesen)

Ich bin der Max Weiblinger, Brauereimeister und Betriebswirt. Vor 2 Jahren habe ich Vater meine Braut Susanne vorstellt. Ich merkte gleich, dass sich die beiden sehr sympathisch sind. 2 Wochen später hat sich Susanne von mir getrennt und war dann mit meinem Vater zusammen. Ich habe daraufhin die Brauerei und auch Wulfrathshausen verlassen und bin zu meiner Mutter Josefine nach Spanien gegangen. Dort arbeite ich heute in einem ihrer 3 Hotels. Bis zur Beerdigung bin ich nicht mehr hierher zurückgekehrt. Vor 14 Tagen habe ich meinen Jahresurlaub angetreten und bin quer durch Europa gereist. Linda hat mich am Freitag per Handy informiert, dass der Vater tot ist, erschossen auf der Lichtung. Diese Lichtung war seit meinen Kindertagen der Lieblingsplatz vom Vater und mir. Hier saßen wir oft zusammen und haben über Gott und die Welt diskutiert. Ich bin auch Jäger und kann schießen, aber zur Tatzeit lag ich auf einem Campingplatz in der Toskana im Zelt und schlief.

Nun jedenfalls bin ich zurück und werde meinen Platz in der Brauerei schon morgen wieder einnehmen. Ich hatte vor meinem Weggang die kaufmännische Leitung.

Geheimtext Max

Weitere Informationen für dich! Du darfst von all diesem Wissen in der Ermittlungsrunde Gebrauch machen! Wenn du etwas gefragt wirst, solltest du die Wahrheit sagen, denn du bist nicht der Täter und hast nichts zu befürchten.

Was du sonst noch über diesen Fall weißt:

Gestern in der Nacht hat dich die Susanne angerufen, aber du hast sofort aufgelegt. Du willst nichts mehr mit ihr zu tun haben.

Was in den letzten Tagen passiert ist:
Du bist schon 2 Tage vor dem Mord mit deinem Motorrad in München angekommen und hast dich in einem kleinen Hotel eingemietet. Es war dein erster Besuch in Bayern, seit du nach Spanien gegangen bist. Am Donnerstag gegen 21:00 Uhr rief dein Vater dich völlig überraschend auf deinem Handy an. Er wollte dich treffen und ihr habt euch am Mordtag in aller Frühe auf der Lichtung verabredet. Du bist mit dem Motorrad bis zur Hütte gefahren und den Rest zu Fuß gegangen.
Auf halbem Weg fiel ein Schuss und als du zur Lichtung kamst, lag der Vater tot dort. Du bist so erschrocken, dass du gleich weg bist, ohne die Polizei zu rufen.

Linda renoviert gerade ihre Wohnung, du hast nach der Beerdigung weiße Overalls bei ihr liegen sehen.

Deine Tante Traudl besitzt auch eine Baronesse, das weißt du von früher. Sie ist außerdem eine hervorragende Schützin und war regelmäßig mit dem Vater auf der Jagd.

Ansonsten ist Tante Traudl eine arme Person. Ihr Mann, der Alfons Stacher, hat ihr Erbe durchgebracht. Sie musste sogar ihr Haus verkaufen und ist, bis auf einen Grundstücksanteil, völlig mittellos. Du willst auf jeden Fall wieder deine Position in der Brauerei einnehmen. Es gibt so viel zu tun, dass auch Johannes Ortlieb einen

sicheren und guten Arbeitsplatz haben wird.
Linda ist augenscheinlich verliebt in ihn. Ob dein Vater das wusste?

Und woher hatte dein Vater deine Handy-Nr.?
Du hast sie ihm sicher nicht gegeben.

Nach den Ermittlungen schreibt jeder auf, wen er für den Täter hält, und später lösen wir den Fall gemeinsam auf.

Vorstellungstext Linda Weiblinger
(Bitte nach Max vorlesen)

Ich bin Linda, die ältere Schwester von Max und arbeite in der Brauerei in der Marketingabteilung. Schießen kann ich nicht; ich bin Tierfreundin durch und durch.

Ich käme auch nie auf die Idee, ein Gewehr auch nur anzurühren; ja, ich esse ja noch nicht einmal Fleisch. Zur Todeszeit meines Vaters war ich noch zu Hause, ich renoviere gerade mein kleines Appartement im Keller der Villa und bin gleich um 06:00 Uhr in der Frühe aufgestanden, um den Flur noch fertig zu streichen.
Der Johannes Ortlieb hat mir in den letzten Tagen beim Streichen geholfen, und auch die Tante Traudl, so dass ich nun fast fertig bin.
Über die bevorstehende Hochzeit meines Vaters war ich nicht erfreut, hätt es aber akzeptieren müssen. Allerdings verstehe ich die Susanne nicht. Erst der Max, dann der Vater, so was macht man doch net. Natürlich ist sie schuld, dass der Max weg ist.

Zu meiner Mutter habe ich ein gutes Verhältnis, wir haben sie immer in den Ferien besucht und ich freue mich, dass sie jetzt, in diesem schweren Tagen, hier ist.

Am Freitag habe ich mich gewundert, dass der Vater schon so früh weggefahren ist, ich hab ja seinen Wagen gehört. Aber ich dachte, er fährt mit dem Moosgruber zur Jagd. Das hat er ja häufiger getan.

Geheimtext Linda

Weitere Informationen für dich! Du darfst von all diesem Wissen in der Ermittlungsrunde Gebrauch machen! Wenn du etwas gefragt wirst, solltest du die Wahrheit sagen, denn du bist nicht der Täter und hast nichts zu befürchten.

Was du sonst noch über diesen Fall weißt:

Du hast seit einem Betriebsfest vor 3 Wochen ein Verhältnis mit Johannes Ortlieb. Dies durfte dein Vater aber nicht wissen, er wäre furchtbar wütend geworden, denn Johannes hat einen Betriebsrat gegründet in der Brauerei und dem Vater einige Schwierigkeiten gemacht. Dein Vater war ein Ausbeuter und Johannes hat ihm die Grenzen aufgezeigt.

Es ist eigentlich schade, dass der Max wieder in die Brauerei will; du hättest sie jetzt auch ganz gut mit Johannes alleine führen können.

Tante Traudl ist völlig mittellos, ihr verstorbener Mann, der Stacher, hat ihr ganzes Geld durchgebracht. Das einzige was sie noch besitzt, ist die Hälfte eines Grundstücks. Die andere Hälfte besaß euer Vater.

Der Moosgruber ist an dem Grundstück interessiert, er will einen Golfplatz bauen und braucht euren Grund dazu. Er hat 1,2 Millionen geboten.

Dein Vater wollte es nicht verkaufen und hatte mit der Traudl deshalb noch am Donnerstag einen heftigen Streit.

Zum Renovieren hast du einige weiße Papieroveralls im Baumarkt Moosgruber gekauft. Tante Traudl und auch Johannes haben dir am Donnerstag beim Streichen geholfen.

Johannes kam aber erst sehr spät, nach 22:00 Uhr, aus dem Büro, da war die Traudl schon wieder in ihrer Wohnung in der Villa. Der Max war schon 1 Tage vor dem Mord in München, das weißt du von einer Freundin, die in München wohnt und ihn am Donnerstagabend mit seinem Motorrad gesehen hat. Es stimmt also nicht, dass er in der Toskana war, als du ihn angerufen hast.

Schießen können hier viele Personen: Josefine, Traudl, Max, der Schickerl, der Moosgruber, die Susanne und auch der Johannes. Der ist in Düsseldorf auch im Jagdverein.

Nach den Ermittlungen schreibt jeder auf, wen er für den Täter hält, und später lösen wir den Fall gemeinsam auf.

Vorstellungstext Traudl Stacher-Weiblinger
(Bitte nach Linda vorlesen)

I bin die Traudl Stacher-Weiblinger, die Schwester vom Toten. Am Todestag hob I noch im Büro beim Ortlieb nach dem Konrad gefragt, er war ja net zum Frühstück do, aber der Ortlieb wusst auch nix. Der Bürgermeister hat sich letzte Woch noch arg mit meinem Bruder gezankt. Es ging um ein Grundstück, des der Konrad net verkaufen wollt.

Dabei braucht der Moosgruber des Grundstück ganz dringend. I denk, jetzt, wo der Konrad tot ist, sollt der Bürgermeister mit den Erben sprechen. Der Moosgruber will doch aan Golfplatz bauen und ohne des Grundstück geht des net.

Was kann I sonst noch sagen?
Schießen kann I natürlich, I war auch oft oben auf dem Anstand vom Moosgruber. Des g'hört hier in Bayern einfach dazur. Aber I hätt natürlich nie auf meinen Bruder g'schossen. Warum auch, gell?

Dass die Josefine grad jetzt wieder hier auftaucht, dös wundert einen scho. Dös glaubt ihr doch kein Mensch, des die nur wegen der Beerdigung hierher kimmt. Aus Spanien. Dös ist doch riesig weit weg, gell!

Geheimtext Traudl

Weitere Informationen für dich! Du darfst von all diesem Wissen in der Ermittlungsrunde Gebrauch machen! Wenn du etwas gefragt wirst, solltest du die Wahrheit sagen, denn du bist nicht der Täter und hast nichts zu befürchten.

Was du sonst noch über diesen Fall weißt:

Dein verstorbener Mann, der Alfons Stacher, hat dein ganzes Erbe aus der Brauerei durchgebracht. So ganz mittellos bist du aber nicht, denn du besitzt zur Hälfte das Grundstück, welches der Moosgruber unbedingt kaufen will. Die andere Hälfte gehörte dem Konrad. Der Moosgruber hat 1,2 Millionen geboten.
Du wolltest verkaufen und hast dich deshalb noch am Donnerstag sehr mit dem Konrad gestritten, denn dieser hat den Verkauf konsequent abgelehnt.

Die Baronesse gehörte früher dir, der Moosgruber hat sie dir vor 2 Jahren abgekauft, weil du Geld brauchtest. Er hat nur einen ganz miesen Preis gezahlt, weil er um deine Lage wusste. Um ihn zu ärgern, hast du ihm die Waffe vor Tagen aus der Hütte gestohlen. Es sollte ein Jux sein, er schloss ja nie den Waffenschrank ab und den Schlüssel zur Hütte haben viele Leute.
Leider ist dir die Waffe auch gestohlen worden. Sie stand in deiner Garderobe in der Villa und war plötzlich weg. Da kann sie wirklich jeder mitgenommen haben, zumal du nicht genau weißt, wann sie fort war. Gemerkt hast du es erst am Freitag.
Du hast der Linda beim Streichen ihrer Wohnung geholfen, dabei hat die Linda auch immer einen weißen Overall getragen, so wie man sie im Baumarkt vom Moosgruber kriegt. Sie hatte gleich mehrere davon.

Du weißt vom Konrad, dass er die Josefine am Mittwoch vor dem Mord in München, im Hofbräuhaus, getroffen hat. Warum lügt sie und sagt, sie sei erst zur Beerdigung angereist?

Der Schickerl schuldet deinem Bruder 80.000 Euro. Konrad hat ihm diese Summe vor einem Jahr geliehen, als der Schickerl ein Haus gebaut und sich dabei finanziell völlig verhoben hat. Nun ist er mit den Raten im Rückstand. Das solltest du ruhig mal erwähnen.

Am Todesmorgen warst du in aller Frühe in den Pilzen. Einen ganzen Korb voller Schwammerl hast du heimgebracht.

Nach den Ermittlungen schreibt jeder auf, wen er für den Täter hält, und später lösen wir den Fall gemeinsam auf.

Vorstellungstext Susanne Schwammberger
(Bitte nach Traudl vorlesen)

Ich bin Susanne Schwammberger und die wohl meist gehasste Person hier im Raum. Der Max ist zu Recht böse auf mich; er hat sich ja wegen mir mit seinem Vater überworfen.

Die Traudl ist sauer auf mich, weil ich darauf bestanden habe, dass sie nach der Hochzeit auszieht. Sie mischt sich halt in alles und jedes ein hier im Haus und solange sie da ist, werde ich hier nie das Haus führen können.

Die Linda mag mich auch nicht, weil sie natürlich Angst um ihr Erbe hat und weil sie ihren Bruder vermisst, der wegen mir den Ort verlassen hat.

Die Josefine sieht mich sicher als Gefahr für das Erbe ihrer Kinder.

Ich habe allerdings Neuigkeiten für euch alle: Ich habe dem Konrad am Donnerstag, so gegen 20:00 Uhr in seinem Büro gesagt, dass ich ihn am Montag nicht heiraten kann und noch Bedenkzeit brauche.
Der Konrad sagte wortwörtlich: „Wenn's jetzt absagst, kannst gehen."
So war er eben, der Konrad. Wenn es nicht nach seiner Nase ging, ließ er einen sofort fallen und wandte sich ab. Ich wollte daraufhin am Freitag ausziehen, aber dann kam ja der Mord dazwischen. Nur deshalb bin ich noch da. Ich mache gerade den Jagdschein und war daher schon öfters mit auf dem Hochstand. Ich bin aber noch keine gute Schützin, soviel steht fest und ich habe auch wirklich kein Motiv, den Konrad zu erschießen.
Warum hätte ich das tun sollen?

Geheimtext Susanne
Weitere Informationen für dich! Du darfst von all diesem Wissen in der Ermittlungsrunde Gebrauch machen! Wenn du etwas gefragt wirst, solltest du die Wahrheit sagen, denn du bist nicht der Täter und hast nichts zu befürchten.

Was du sonst noch über diesen Fall weißt:

Du hast am Beerdigungsabend den Max auf seinem Handy angerufen; er hat aber sofort aufgelegt und will wohl nichts mehr mit dir zu tun haben. Damit musst du leben.

Warum du den Konrad nicht mehr heiraten wolltest:
Josefine hat dich am Donnerstag angerufen und dir so einiges aus Konrads Vergangenheit erzählt. Daraufhin wolltest du die Hochzeit verschieben (Bedenkzeit).
Du hast es Konrad am Abend im Büro gesagt. Nach dem Gespräch im Büro bist du gleich nach Hause gelaufen. Du hattest auch vorher schon Zweifel an der Hochzeit, aber das Gespräch mit Josefine war der Auslöser.

Josefine hat übrigens aus München angerufen, dies hat sie dir gesagt. Sie war also schon vor dem Mord in Bayern und ist nicht erst zur Beerdigung angereist.

Den Johannes Ortlieb hat Konrad in letzter Zeit auch mies behandelt. Ortlieb hat einen Betriebsrat gegründet und dafür gesorgt, dass die Mitarbeiter in der Brauerei nicht so ausgenutzt werden. Das hat dem Konrad nicht geschmeckt und er hat ihn schikaniert, wo er konnte. Du weißt, dass der Konrad dem Ortlieb am Donnerstagabend einen Brief geschrieben hat. Du hast den Briefumschlag, adressiert an den Ortlieb, auf Konrads Schreibtisch gesehen. Was darin stand, weißt du aber nicht.

Und noch etwas ist vielleicht wichtig:
Der Konrad und der Moosgruber hatten am Vortag des Mordes

einen großen Streit. Es ging irgendwie um ein Grundstück und der Bürgermeister war außer sich vor Wut. Genaueres weißt du aber nicht.

Nach den Ermittlungen schreibt jeder auf, wen er für den Täter hält, und später lösen wir den Fall gemeinsam auf.

Vorstellungstext Johannes Ortlieb
(Bitte nach Susanne vorlesen)

Ich bin Johannes Ortlieb aus Düsseldorf und seit 2 Jahren hier. Ich kam in die Firma, nachdem Max Weiblinger das Unternehmen verlassen hat und habe seine Position eingenommen. Im vorigen Jahr habe ich einen Betriebsrat gegründet; das hat dem Herrn Weiblinger nicht geschmeckt, aber schließlich hat er es akzeptiert. Wir kamen eigentlich ganz gut miteinander aus. Durch die zusätzliche Arbeit im Betriebsrat kam ich selten vor 22:00 Uhr aus dem Büro, aber das hat mir nichts ausgemacht.

Am Freitag war ich zur Tatzeit auch schon wieder in der Brauerei an meinem Schreibtisch.

Die Traudl Stacher-Weiblinger hat morgens gegen 10:00 Uhr im Büro nach ihrem Bruder gefragt. Als sie wieder hinausging, war mein Teppichboden im Büro voller Erde. Sie muss die Erde an den Schuhen gehabt haben. War sie schon so früh im Wald? Die Lichtung, wo der Weiblinger erschossen wurde, kenne ich, er hat sie mir vor gut 3 Wochen mal bei einem Betriebsausflug gezeigt. Ein schöner Ort, wirklich idyllisch gelegen. Er hat damals davon geschwärmt, dass er sich hier viel mit dem Max unterhalten hat, als der Junge noch klein war. Er hat seinen Sohn schon vermisst, das merkte man ihm deutlich an.

Geheimtext Johannes
Weitere Informationen für dich! Du darfst von all diesem Wissen in der Ermittlungsrunde Gebrauch machen!

Was du sonst noch über diesen Fall weißt:

Du bist auch Jäger, daheim in Düsseldorf. Hier, in Bayern, hat dich leider noch niemand zur Jagd eingeladen. Es ist nicht einfach als Preuße in Bayern. Der Weiblinger war ein ganz besonders schwerer Fall, vor allem, seit du den Betriebsrat gegründet hast.

Du hast seit dem Betriebsausflug vor 3 Wochen ein Verhältnis mit der Linda. Sie hatte schreckliche Angst, dass ihr Vater davon erfahren könnte, daher habt ihr euch immer heimlich treffen müssen.

Irgendwie hat er es aber doch erfahren, denn am Donnerstag hat er dir ohne jede Vorwarnung gekündigt. Er hat gemeint, der Max käme zurück und er bräuchte dich nicht mehr. Außerdem solltest du dich fern von der Linda halten, sonst würde was passieren. Die Kündigung hat er dir gleich gegeben, dies ist der Brief, den du heute vernichtet hast.

Du warst wahnsinnig wütend, denn du hast in den 2 Jahren in der Brauerei täglich fast immer 12 bis 14 Stunden gearbeitet und mehr Respekt erwartet. Natürlich wäre er kaum mit der Kündigung durchgekommen, aber der Weiblinger konnte einem das Leben schon zur Hölle machen.

Kurz darauf hast du ein Telefonat zwischen dem Weiblinger und dem Max belauscht. Du hast so erfahren, dass sich die beiden Freitagmorgen auf der Lichtung treffen wollten.

Du bist dann am Donnerstag noch spät zu Linda gefahren und hast ihr beim Streichen geholfen. Sie hat die weißen Papieroveralls zum Renovieren im Haus. Da bist du plötzlich auf die Idee gekommen, den Weiblinger zu beseitigen, denn damit war dein Job gerettet und Linda wäre endlich frei gewesen von allen Bevormundungen.

Du hast einen Overall und später auch die Baronesse mitgenommen. Die Waffe stand in der Garderobe von der Traudl.

Du bist in aller Frühe zum Hochstand, hast den Weiblinger erschossen und später die Waffe und den Overall versteckt.

Wenn du gefragt wirst, welchen Brief du vernichtet hast, lass dir etwas einfallen.

Wieso dachte der Weiblinger, dass der Max zurückkommt?
Versuche geschickt, dies heraus zu finden.

Gib auf keinen Fall ein Geständnis ab. Du wirst sehen, auch viele andere haben ein Motiv und werden der Tat verdächtigt.

Nach den Ermittlungen schreibt jeder auf, wen er für den Täter hält, und später lösen wir den Fall gemeinsam auf.

Vorstellungstext Susi Hosenbein
(Bitte nach Johannes vorlesen)

Ich bin Susi Hosenbein und sitze seit 3 Jahren im Vorzimmer des Bürgermeisters. Da kriegt man ja so manches mit, das kann ich Ihnen versichern. Als die Frau Josefine da ins Büro platzte, also da ging mir schon die Hutschnur hoch. Stöckelt da einfach so an mir vorbei und knallt dann auch noch die Türe vor meiner Nase zu. Naja, von den Großkopferten ist man ja so einiges gewohnt, gell?

Viel kann ich nicht sagen, aber der alte Weiblinger, der konnte keinen Rock laufen sehen. Da war doch keine vor ihm sicher und die Männer wussten des auch. Da hatte manch einer einen Hals auf den Konrad.

Geheimtext Susi Hosenbein

Weitere Informationen für dich! Du darfst von all diesem Wissen in der Ermittlungsrunde Gebrauch machen! Wenn du etwas gefragt wirst, solltest du die Wahrheit sagen, denn du bist nicht der Täter und hast nichts zu befürchten.

Was du sonst noch über diesen Fall weißt:

Ja, liebe Susi ... du hast es heute besonders gut.
Niemand wird dich verdächtigen; so viel steht wohl fest.
Du kannst daher ganz besonders gut zuhören und ermitteln. Hier hat fast jeder „aan Dreck" am Stecken, so viel ist sicher!
Also Susi, höre genau hin und mach dir Notizen!
Der Fall ist mit Logik aufzuklären; dies verrate ich nur dir!

Nach den Ermittlungen schreibt jeder auf, wen er für den Täter hält, und später lösen wir den Fall gemeinsam auf.

Neutraler Beobachter
(Bitte als letzter in der Runde vorlesen)

Ich nehme als neutraler und unabhängiger Beobachter an dieser Ermittlungsrunde teil.

Dies ist insofern von Vorteil, als dass ich sehr genau hinhören und aufpassen kann, denn ich bin nicht so befangen wie alle anderen am Tisch.

Der Mörder kann sich also darauf gefasst machen, dass ich die Person bin, vor der er sich am meisten in Acht nehmen muss.

Ich werde sehr genau darauf achten, was die einzelnen Personen aussagen und bin sicher, dass ich dem Täter auf die Spur kommen werde.

Geheimtext Neutraler Beobachter:
Weitere Informationen für dich! Du darfst von all diesem Wissen in der Ermittlungsrunde Gebrauch machen! Wenn du etwas gefragt wirst, solltest du die Wahrheit sagen, denn du bist nicht der Täter und hast nichts zu befürchten.

Auf den ersten Blick kommt es dir vielleicht etwas langweilig vor, keine eigene Rolle zu haben. Das ist aber auf keinen Fall so, denn du hast als einziger am Tisch den Kopf frei und musst dich nicht mit eigenen Motiven und dergleichen beschäftigen.

Einige der Personen, die hier am Tisch sitzen, haben ein kleines oder größeres Geheimnis - und diese Geheimnisse gilt es, herauszufinden. Oft gehen gute Ermittlungsansätze im Gespräch unter, weil neue Vorwürfe laut werden und das vorher Gesprochene in Vergessenheit gerät. Höre genau hin und versuche, jeder einzelnen Aussage auf den Grund zu gehen. Mach dir Notizen, wenn du etwas wichtig erachtest.

Sei darauf gefasst, dass du schon alleine wegen deiner Anwesenheit verdächtigt werden kannst. Verteidige dich vehement, denn du hast ja nichts getan. Überlege dir eine gute Ausrede, warum du überhaupt von dem Mord erfahren hast. Warum warst du vor Ort? Wer hat dich informiert? Verbünde dich mit einem der Beschuldigten und verteidige ihn vehement, aber nur mit jemand, den du selbst als Täter ausschließt!

Bedenke:
Die meisten Morde sind eine Beziehungstat und geschehen aus Eifersucht oder verschmähter Liebe. Aber auch die Gier darf nicht als Motiv unterschätzt werden. Der springende Punkt heute ist: Wer hatte ein Motiv, diese Tat zu begehen und wer die Gelegenheit?

Nach den Ermittlungen schreibt jeder auf, wen er für den Täter hält, und später lösen wir den Fall gemeinsam auf.

Auflösung:

Wer hatte ein Motiv und die Gelegenheit, den Weiblinger zu ermorden?

Da wäre zunächst der Bürgermeister Moosgruber.
Er hat sicher ein Motiv. Es geht hier um das dringend benötigte Grundstück für den Golfplatz. Außerdem kann er schießen und ob er sich die Baronesse, die ja offen in der Diele der Villa stand, nicht einfach wieder genommen hat, wissen wir nicht.

Die Traudl ist ebenso verdächtig, weil sie dringend Geld brauchte und es durch den Verkauf des Grundstücks bekommen hätte. Ihr Bruder Konrad, Miteigentümer des besagten Stück Landes, hat sich hier verweigert. Noch dazu sollte Traudl am Montag aus der Villa ausziehen. Schießen kann sie auch und sie hat die Baronesse aus der Hütte vom Moosgruber gestohlen. Insofern ist Traudl sicher ebenfalls eine der Hauptverdächtigen.

Die Josefine ist, ebenso wie der Max, nachweislich nicht erst zur Beerdigung angereist. Sie saß schon Tage vorher mit dem Weiblinger im Hofbräuhaus.
Früher war sie Schützenkönigin hier in Wulfrathshausen und ein Motiv ist auch vorhanden. Sie wollte vielleicht das Erbe ihrer Kinder verteidigen.

So könnten wir jetzt jeden einzeln beleuchten und hinterfragen. In diesem Fall aber scheiden eine Reihe von Verdächtigen durch eine wichtige Beobachtung von vorne herein aus:
Wir wissen, dass der Täter einen Overall getragen hat, um keine DNA-Spuren zu hinterlassen. Alle, die den Hochstand regelmäßig genutzt haben, müssen diese Vorsichtsmaßnahme nicht treffen. Ihre Spuren waren ja eh dort oben zu finden und leicht zu erklären.

Heraus aus der Hitliste der Verdächtigen sind somit auf einen

Schlag der Moosgruber, die Traudl, die Susanne und auch der Polizist Schickerl. Dieser konnte zum Zwecke der Ermittlungen auch auf den Hochstand gehen und später erklären, auf diese Weise seien seine Spuren dorthin gelangt. Dieser vorgenannte Personenkreis hätte es ganz einfach nicht nötig gehabt, einen Overall zu tragen.

Verdächtig bleiben somit die Josefine, Max, Linda, Susi Hosenbein und Johannes Ortlieb. Nun müssen wir uns fragen:
Wer von diesen Personen kann denn überhaupt schießen?
Wer wusste vom neuen Standort des Hochstandes?
Er wurde ja erst vor einigen Wochen an dieser Stelle neu aufgebaut.

Und, dies ist sicher eine der wichtigsten Fragen:
Wer wusste überhaupt davon, dass der Weiblinger am frühen Morgen dort auf der Lichtung verabredet war?
Susi Hosenbein, ich denke, da sind wir uns einig, hatte überhaupt keine Berührungspunkte mit dem Weiblinger. Sie scheidet aus.

Josefine schießt zwar sehr gut; sie konnte vom neuen Standort des Hochstandes aber nichts wissen. Insofern scheidet Josefine ebenfalls aus.

Auch Max kann vom neuen Standort des Hochstands nichts wissen; allerdings war er mit seinem Vater auf der Lichtung verabredet. Der Ort des Treffens war für eine Versöhnung übrigens sehr gut von Konrad gewählt. An diesem Ort, dies hat der Max ja ausgesagt, haben Vater und Sohn früher oft gesessen und geredet.

Erinnern Sie sich noch an die Vorlesegeschichte?
Konrad Weiblinger starb mit dem Gefühl der großen Verwunderung. Er hat im Todesmoment tatsächlich gedacht, Max hätte geschossen. Warum aber sollte Max den Vater vor einem klärenden Gespräch töten? Er wusste doch gar nicht, was dieser ihm sagen würde. Dies ergibt keinen Sinn. Insofern können wir auch den Max

aus der Hitliste der Verdächtigen streichen.

Kommen wir zu Linda.
Linda hatte weiße Overalls in der Wohnung, Angst vor ihrem Vater und Angst um ihre neue Liebe, den Johannes Ortlieb.

Wir wissen aus der Vorgeschichte, dass der Täter ein sehr guter Schütze gewesen sein muss! Auf die Entfernung einen so präzisen Schuss abzugeben, ist eine wirkliche Leistung. Linda kann aber definitiv nicht schießen und ist somit entlastet.

Bleibt Johannes Ortlieb.
Ortlieb war zwar nie zur Jagd eingeladen, er kannte aber seit dem Betriebsausflug die Lichtung. Mit Sicherheit hat er von dort aus auch den Hochstand gesehen. Schießen kann er ebenfalls; er ist in Düsseldorf im Schützenverein.
Johannes hat am Donnerstag noch lange im Büro gearbeitet. Susanne hat dem Konrad gegen 20:00 Uhr im Büro gesagt, dass die Hochzeit nicht stattfindet. Josefine sagt, gegen 21:00 Uhr habe der Konrad sie angerufen und nach Max` Handy-Nr. gefragt. Max sagt ebenfalls, gegen ca. 21:00 Uhr sei er vom Vater angerufen und auf die Lichtung bestellt worden.

Wir können also wie folgt kombinieren:
Der Johannes Ortlieb war, als die Aussprache zwischen Weiblinger und Susanne stattfand, im Büro, denn er ist erst gegen 22:00 Uhr zur Linda in die Wohnung gefahren.

Er konnte also die Aussprache und auch die anschließenden Telefongespräche belauschen. Johannes hatte an diesem Tag außerdem die Kündigung bekommen. Dies war der Brief, den er nach der Beerdigung zerschreddert hat.
Johannes war also ziemlich wütend auf den Konrad Weiblinger.
Später, bei Linda in der Wohnung, sah er die Baronesse in der Garderobe stehen. Da kam ihm die Idee, den Weiblinger zu beseitigen und somit gleich mehrere Probleme zu lösen.

Die Overalls in Lindas Wohnung kamen ihm gerade recht und fügten sich wunderbar in seinen Plan.

Johannes hatte es einfach satt, vom Konrad schikaniert zu werden und er hatte Angst um seine Zukunft. Mit der Kündigung wäre der Konrad rein arbeitsrechtlich nicht durchgekommen, aber er war ein mächtiger Mann in Bayern und hätte sicher dafür gesorgt, dass Johannes in Bayern nirgendwo mehr eine Arbeit bekommt.

Außerdem liebt Johannes die Linda und wollte sie unbedingt für sich gewinnen. Linda stand aber sehr unter dem Einfluss des Vaters und Johannes war sich nicht sicher, ob sie sich unter dem Druck nicht doch von ihm trennen würde.

Johannes Ortlieb ist der einzige hier mit einem Motiv, der Gelegenheit und all dem Wissen, welches der Täter für diese Tat benötigte. Johannes Ortlieb ist heute Abend unser Täter.

Bitte lesen Sie Ihren Gästen nun unbedingt auch noch das Schlusswort von den nächsten Seiten vor, damit alle wissen, wie es weiterging in Wulfrathshausen.

Wie es mit unseren Mitspielern weiterging:

Eine Hochzeit in Wulfrathshausen ist immer ein Ereignis für alle Dorfbewohner und so war die kleine Kirche an diesem Tag bis auf den letzten Platz besetzt.
Der Bräutigam stand, fesch im neuen Janker und mit Lederhose gewandet, vorne am Altar und wartete auf die Braut. Er war überrascht, dass er so aufgeregt war und er war noch immer darüber verwundert, wie einfach sich manchmal die Dinge fügten.

In der ersten Reihe rechts saß Susi Hosenbein neben dem Polizisten Edwin Schickerl. „Habt ihr eigentlich inzwischen eine Spur?", wisperte Susi ihrem Nachbarn zu und kramte in ihrer Handtasche nach einem Taschentuch.
Edwin Schickerl zuckte mit den Schultern. „So viel I weiß, net. Den Fall haben jetzt die Großkopferten aus München an sich gerissen. I könnt denen ja aan Tipp geben, aber bittschön, wenns mi net fragen, kann I a nix antworten. Sollens doch sehen, wias klar kimmen ohne mi."

Dann beugte er sich vor und grüßte freundlich hinüber zu Josefine, die soeben neben ihrer Tochter Linda in der ersten Reihe links Platz genommen hatte.
Josefine winkte freundlich zurück und wandte sich dann Linda zu.
„Hast du schon alles gepackt?", flüsterte sie.
Linda nickte. „Ja", wisperte sie leise zurück. „Mein Flieger geht heute Abend. Johannes ist gut in Rio angekommen. Er hat auch schon Räume gefunden für die Zweigstelle der Weiblinger-Brauerei."
Josefine lächelte zufrieden. „Dann ist ja alles gut. Bestimmt werdet ihr euch gut einleben und in den nächsten Jahren wird das Weiblinger-Weißbier dank euch an der Copa Cabana nicht versiegen."
Bevor Linda noch etwas erwidern konnte, griff der Organist in die Tasten und spielte zum Auftakt „Großer Gott, wir lieben Dich".
Die Gemeinde stand auf und wandte sich gespannt der großen Eingangstüre zu.

Diese öffnete sich wenige Momente später. Angeführt von dem Pfarrer, der vor wenigen Wochen an gleicher Stelle den Trauergottesdienst für Konrad Weiblinger gehalten hatte, betrat die Braut am Arm von Max die Kirche. Ein Raunen ging durch die Gemeinde; die Braut war, dies hatte sicher niemand erwartet, in weiß gekleidet und komplett verschleiert.

Am Altar riss der Bräutigam ebenfalls erstaunt die Augen auf und strich sich nervös und verwundert über den gepflegten Schnäuzer. Schritt für Schritt ging die Braut, das Getuschel in den Bänken ignorierend, an Max´ Arm auf ihren künftigen Mann zu. Als Traudl schließlich vor dem Altar angekommen war und Max sie an die Hand vom Moosgruber übergab, sagte dieser mit belegter Stimme: „In weiß, Traudl? Und verschleiert? Meinst net, dass des in unserem Alter etwas ... seltsam ... ist?"

„Ah, woher", winkte Traudl lachend ab. I hob mir des immer scho so gewünscht und der Alois domals, der wo gar net in der Kirchen! Da ging des net. Und außerdem", Traudls Augen blitzen schelmig, als sie weitersprach: „außerdem, für so a halbertes Golfplatzgrundstück als Mitgift, da musst du scho a bisserls was aushalten, gell?"

Susanne Schwammberger stieg aus ihrem Porsche und holte die Rosen aus dem Kofferraum. Über einen kleinen Seiteneingang gelangte sie auf den Friedhof. Mit wenigen Schritten war sie am Grab der Familie Weiblinger und legte die Rosen darauf.

„Ich werde wieder herkommen, wenn sich alle ein wenig beruhigt haben, mein Lieber", sagte sie und strich lächelnd über ihren 4-Monatsbauch. „Und wenns ein Bub wird, nenn ich ihn Konrad!"

ENDE

Neues aus Wulfrathshausen

Die Rollenverteilung:
Der Krimi ist für 7 - 11 Personen geeignet.

Wir haben 2 Gastrollen: Susi Hosenbein und Josefine Weiblinger.

Sollten nur 7 Personen an einem Tisch sitzen:
Vergeben Sie die Rollen von Susanne Schwammberger und Traudl Moosgruber an eine Person; eine Person vertritt dann beide Texte in der Ermittlungsrunde.

Des Weiteren kann bei Bedarf (11 Personen) ein Beobachter mitspielen.

Kurzbeschreibung zum Auslegen auf dem Tisch

Neues aus Wulfrathshausen

Das ist passiert:

Endlich ist es soweit!
Wulfrathshausen, ein sehr beschaulicher, kleiner Ort in Oberbayern bekommt nach langer Planungs- und Bauphase einen eigenen Golfplatz. Der Investor und Bauherr Xaver Moosgruber kann es kaum erwarten, diesen seiner Bestimmung zu übergeben.

Im Ort selbst trifft derweil der neue Pfarrer ein und überrascht die Dorfgemeinschaft ebenso mit seiner unkonventionellen Arbeitsweise wie mit Fragen zur Vergangenheit.

Ein Journalist aus Berlin, verschiedene DNA-Analysen und ein Drama auf der Driving-Range sind einige der Zutaten zu diesem Krimi aus Oberbayern.

Und falls Sie bereits den Krimi „MorgenGrauen" gespielt haben, werden Sie den einen oder anderen Bekannten wiedertreffen.

Es spielen mit:

Xaver Moosgruber – Geschäftsmann
Traudl Moosgruber – Bürgermeisterin von Wulfrathshausen
Susanne Schwammberger – Geschäftsfrau
Maximilian Weiblinger – Brauereibesitzer
Dr. Sebastian Grandl – Landrat
MariLu Grandl – Gattin Landrat
Toni Hofer – Zugereister aus Berlin
Edwin Schickerl – Hauptkommissar
und evtl. an dem einen oder anderen Tisch:
Susi Hosenbein – Haushälterin
Josefine Weiblinger – Mutter von Max
…. neutrale Beobachter

Ein Wort zu den Spielregeln:

Alle Mitspieler sollten sich nahe an der Wahrheit orientieren; schwindeln darf nur der Mörder. Dieser muss allerdings vorsichtig sein; wird er beim Schwindeln erwischt, glaubt man ihm gar nichts mehr…

Viel Vergnügen und einen Mordsspaß bei den Ermittlungen!

Die Grundgeschichte zum Vorlesen

Dieser Krimi ist die Fortsetzung des Krimis „Jagdunfall / Morgen-Grauen". Er setzt 8 Jahre nach den Ereignissen von damals ein. Selbstverständlich ist der Fall auch ohne jede Vorkenntnis spiel- und lösbar. Geben Sie den Gästen aber bitte folgenden Hinweis auf die Vergangenheit:

Was bisher geschah:
Vor 8 Jahren wurde der Brauereibesitzer Konrad Weiblinger einen Tag vor seiner Hochzeit mit der Münchner Immobilienmaklerin Susanne Schwammberger ermordet. Susanne erwartete damals ein Kind und ging nach Konrads Tod zunächst zurück nach München. Konrads Sohn Max leitet seither die Brauerei der Familie; die Tochter Linda ging mit ihrem Mann Johannes nach Brasilien.
Konrads Schwester Traudl heiratete den damaligen Bürgermeister Xaver Moosgruber.
Susanne kehrte vor 2 Jahren mit ihrer Tochter Floriane nach Wulfrathshausen zurück.

Soweit zu früher; unser Fall heute hat nichts mit dem Mord an Konrad Weiblinger damals zu tun.

Das ist aktuell passiert:
Eine Beerdigung ist immer ein großes Ereignis in dem kleinen Ort Wulfrathshausen im schönen Oberbayern. Das ganze Dorf kommt zusammen, um vom Verstorbenen Abschied zu nehmen.

Und so war es natürlich auch, als der alte und äußerst beliebte Dorfpfarrer Luitpold Huber an einem sonnigen Herbsttag zu Grabe getragen wurde. Susi Hosenbein, seine Haushälterin, hatte ihn vor einigen Tagen am Morgen tot in seinem Bett gefunden. Ein sanfter Tod im Schlaf; genauso wünscht es sich wohl jeder, wenn er ein entsprechendes Alter erreicht hat und Luitpold Huber war immerhin 88 Jahre alt geworden und hatte sein Amt als Dorfpfarrer bis zuletzt mit viel Liebe, Hingabe und bayerischer Kost ausgeübt.

Dem Sarg allen voran folgte in angemessenem Schritt die Bürgermeisterin des Ortes, Traudl Moosgruber, gefolgt von ihrem Mann Xaver und der Dorfgemeinschaft. Traudl hatte das Bürgermeisteramt erst vor sechs Monaten von Xaver übernommen. Dieser hatte mit seinem Baumarkt an der Hauptstraße und dem Bau eines Golfplatzes nebst Hotel alle Hände voll zu tun und das Bürgermeisteramt nach reichlicher Überlegung zur Verfügung gestellt.

Natürlich kann man selbst in Wulfrathshausen nicht einfach ein Bürgermeisteramt an die Ehefrau weiterreichen. Ganz ordnungsgemäß hatte eine demokratische Wahl stattgefunden. Da es aber nur einen einzigen Gegenkandidaten gegeben hatte, dieser bereits 94 Jahre zählte und noch dazu im Nachbarort in einem Seniorenstift lebte, hatte Traudl das Traumergebnis von 99 % aller 347 gültigen abgegebenen Stimmen erhalten. Das Bürgermeisteramt war ein Ehrenamt, aber aufs Geld kam es der Traudl und dem Xaver auch nicht an. Wichtig war den beiden, dass das Amt vernünftig ausgeführt wurde und dass die richtigen Weichen für den Ort, den Tourismus, die im Familienbesitz befindliche und ortsansässige

Weiblinger-Brauerei und den Golfplatz, den der Xaver gerade baute, gestellt wurden.

„Was machen wir denn jetzt ohne Schwarzrock?", wisperte Xaver seiner Frau zu, als der Sarg hinab in die Erde gelassen wurde und der extra für diese Aussegnung angereiste Kollege des Verstorbenen ein Gebet sprach. „Die Kirchweih steht in drei Wochen an, bis dahin wird doch ein neuer kommen, oder? Schließlich ist bei uns die Kirchweih noch a Kirchweih mit Auftaktgottesdienst und keine Kirmes, wie in den großen Städten. Außerdem hätt ich schon gern den kirchlichen Segen bei der Golfplatzeröffnung."

Traudl winkte ab.

„Mach dir keine Hoffnung", wisperte sie zurück. „Es kann sogar sein, dass Wulfrathshausen längere Zeit ohne geistlichen Beistand zurechtkommen muss, auch, wenn das ein Skandal ist. Jetzt gerade zum Beispiel liegt die alte Buchmüllerin im Sterben. Und ich sag`s dir, wenn da nicht bald einer kommt, wird sie ohne die letzte Ölung heimgehen müssen."

Xaver schüttelte verärgert den Kopf. Eine Zumutung war das, ohne letzte Ölung zu sterben. Nicht, dass der Xaver ein übermäßig engagierter Kirchgänger war, aber eine letzte Ölung, die stand doch außer jeder Diskussion. Wer wollte schon ohne dieses Sakrament sterben? Wer weiß, welche Konsequenzen das an höherer Stelle haben konnte?

Einige Meter hinter dem Trauerzug kam ein Fremder den kleinen schmalen Kiesweg entlang. Schließlich blieb er in einiger Entfernung stehen und beobachtete die Beisetzung mit Abstand.

„Wer is`n der Typ dahinten, der mit der Kamera um den Hals?", wisperte Max Weiblinger, Geschäftsführer der Weiblinger Brauerei und größter Arbeitgeber am Ort, der Susanne Schwammberger zu, die mit ihrer kleinen Tochter Floriane ebenfalls zur Beerdigung gekommen war.

„Ein Journalist aus Berlin", antwortete Susanne leise.
„Er heißt Anton Krause und wohnt seit gestern bei mir im Golfhotel. Er will über die Eröffnung vom Golfplatz am Wochenende berichten. Ein komischer Kerl. Steckt überall seine Nase rein. Ich finde ihn irgendwie unsympathisch."

„Dann hast du also schon einen ersten Gast im Haus?", fragte Max erstaunt.

Susanne nickte.

„Warum auch nicht. Die Zimmer sind alle fertig, das Personal ist auch schon da. Wir müssen ja tatsächlich alle Abläufe einüben. Er stand plötzlich vor der Türe und schaden kann es ja nichts, wenn schon mal ein bisschen Geld herein kommt! Wie geht es übrigens deiner Mutter? Ich hab die Josefine eben in der Kirche gesehen. Ist sie zu Besuch?"

„Ja, sie stand dem alten Pfarrer wohl sehr nahe. Es ist schön, sie noch einmal ein paar Tage hier zu haben."

Der Journalist Anton Krause ging nach der Beerdigung ins Restaurant zur Post und setzte sich vorne in den Gastraum. Er bestellte ein Weiblinger-Weißbier und Haxe mit Kraut und sah sich um. Die bayerische Gemütlichkeit hatte für viele Menschen bekanntlich einen gewissen Reiz, ihm selbst gefielen die Atmosphäre und auch die Sprache, die er als Berliner meist nicht verstand, eher weniger. Gerne, wirklich gerne, hätte er diesen Auftrag abgelehnt. Eine Golfplatzeröffnung war für ihn als Sportjournalist so spannend, wie der Bericht über einen Kaninchenzüchterverein in der Voreifel. Es war aber, daran hatte der Chefredakteur keinen Zweifel gelassen, seine letzte Chance.

Wenn er diesen Bericht nicht pünktlich, ausführlich und mit guten Bildern ablieferte, würde die Zeitung ihn nicht weiterbeschäftigen. Dabei hatte Krause eine glänzende Karriere hinter sich. Viele Jahre war er in der Welt herumgereist und hatte von Olympiaden, Weltmeisterschaften und anderen internationalen Sportereignissen berichtet. Dann aber war ihm mehr und mehr der Erfolg zu Kopf gestiegen. Er trank zu viel, verschlief nach Alkoholexzessen in Hotelbars mehrfach seinen Einsatz am nächsten Morgen oder gab die Berichte halbfertig und schlecht recherchiert in der Redaktion ab.

Nachdem er dann vor einigen Wochen den Einsatz bei dem Bundesliga-Spiel München gegen Dortmund in der Allianz-Arena schlicht vergessen hatte, war er aus dem Sportkader geflogen und hatte die dritte Abmahnung bekommen.

Seither musste er, um seine Stelle nicht zu verlieren, über die nebensächlichsten Sachen berichten.

Natürlich kam auch kein Fotograf mehr mit, um die Bilder zu machen. Dies wurde nun ebenfalls von ihm verlangt und ein gutes, zeitungstaugliches Foto zu schießen, war gar nicht so einfach.

Er bestellte ein zweites Weißbier und widmete sich dann seiner Haxe, die ihm gerade von der hübschen, jungen Kellnerin mit dem zauberhaften Dirndl und noch zauberhafteren Dekolletee serviert wurde. Krause versenkte versonnen seinen Blick im Ausschnitt der jungen Dame. Ganz so schlecht war es in Bayern dann doch nicht.

Max stand mit dem Architekten im Hof der Brauerei und besprach die Umbaupläne, als sein Handy eine WhatsApp-Nachricht meldete.

Eilig nahm er das Gerät aus der Hosentasche und trat einen Schritt beiseite. Ein Bild wurde hochgeladen und Max Augen leuchteten, als er das Foto kurz darauf auf dem Display sah.

Die Kleine ist wirklich eine Weiblinger, ging es ihm durch den Kopf. Sie hat Vaters und meine Augen. Er steckte das Handy wieder in die Tasche und wandte sich erneut seinem Gesprächspartner zu.

Susi Hosenbein betrat das alte Pfarrhaus am Nachmittag. Es gab eine Menge zu tun. Der verstorbene Pfarrer hatte zwar wenig persönliche Gegenstände besessen, aber trotzdem musste natürlich alles hergerichtet werden für einen Nachfolger. Dass die Kirche einen Nachfolger schickten würde, daran bestand für Susi kein Zweifel. Wulfrathshausen ohne Pfarrer war einfach unvorstellbar. Sie ging hinüber in die Küche und öffnete den Eisschrank. Es war nicht mehr viel darin; der Pfarrer hatte wenig Appetit gehabt in den letzten Wochen.

Gerade, als sie ein eingeschweißtes Stück Leberwurst auf das Haltbarkeitsdatum überprüfte, höre sie im Obergeschoss ein Geräusch. Susi lauschte zur Decke, die Holzdielen über ihr knarrten erneut. Irgendwer war dort oben im Schlafzimmer des verstorbenen Pfarrers.

Irritiert schloss Susi den Eisschrank wieder, griff sich eines der großen Fleischermesser und ging ins Treppenhaus. Erneut lauschte sie in die obere Etage.

„Hallo", rief sie die Stiege hinauf. „Ist da wer?"

Niemand antwortete. Sie umfasste das Fleischermesser ganz fest und ging dann zaghaft, Schritt für Schritt die Treppe hinauf. Oben angekommen sah sie den Flur entlang. Die Schlafzimmertüre des Pfarrers war nur angelehnt.

Mit leisem Schritt schlich sie hinüber und stieß die Türe mit Schwung auf.

„JESSES MARIA! WER sann denn SIE?", schrie sie im gleichen Moment den jungen Mann an, der im Zimmer vor dem Kleiderschrankspiegel stand und nun erschrocken herumfuhr.

Es dauert nur eine kleine Sekunde, dann hatte Susi die Situation erkannt. Erleichtert ließ sie das Messer sinken.

Das Gewand des Mannes sprach eine deutliche Sprache. Er trug einen schwarzen Talar mit dem dazugehörenden weißen, streifenförmigen Beffchen als Schmuck am Hals.

„Ja ... mei ... Hochwürden", lachte Susi erleichtert und ließ das Messer sinken. „Jetzt ham Sie mich aber erschrocken. Ich ... wir ... ich wusste ja nicht, dass Sie so schnell kommen würden. Wir hätten Sie doch mit einer Mahlzeit und dem Kindergartenchor empfangen. Haben Sie schon alles gefunden?"

Ihr Gegenüber lächelte unsicher.

„Ja, die Haustüre stand auf, es war niemand da. Da dachte ich, ... ich geh schon einmal hinein!"

Susi nickte.

„Aber sicher, das war auch recht so. Hier in Wulfrathshausen stehen die meisten Türen am Tag einfach offen. Haben Sie denn schon alles gefunden?"

Erneut lächelte der junge Mann.

„Aber sicher! Wenn Sie nur das Bett neu herrichten könnten?"

„Aber natürlich", rief Susi. „Ich bin übrigens die Hosenbein Susi. Ich habe dem alten Herrn Pfarrer das Büro und den Haushalt geführt und das würde ich natürlich auch sehr gerne für Sie tun."

Sie hielt dem jungen Mann die Hand hin und strahlte über das ganze Gesicht. Ein gut aussehender Bursche war das, der neue Pfarrer in Wulfrathshausen. Da würden die Weiber im Ort aber Augen machen.

„Toni Hofer. Ich bin zunächst einmal übergangsweise hier!"

Hofer nahm Susis Hand und schüttelte sie herzlich.

„Mei, ist das gut, dass Sie kommen. Dann müssten Sie als erstes gleich mal zur Buchmüllerin rüber. Die stirbt ja schon seit 8 Tagen und wartet dringend auf die letzte Ölung. Kommens, das machen wir jetzt gleich mal als erstes. Hoffentlich kommen wir nicht zu spät."

Und bevor Toni Hofer wusste, wie ihm geschah, hatte ihn Susi die Treppe hinunter und zur Türe hinausgeschoben und rüber zum Hof der Buchmüllers bugsiert.

Xaver Moosgruber saß in seinem Büro im Baumarkt und sah die Liste der Gäste für die Golfplatzeröffnung am nächsten Tag und das geplante Gala-Dinner am heutigen Abend durch.

145 Geladene würden dabei sein, wenn er, Xaver Moosgruber höchstpersönlich, endlich das weiße Band durchschneiden und den Golfplatz seiner Bestimmung übergeben würde. Das Gala-Dinner im Golfhotel hingegen war nur für einen kleineren Kreis enger Freunde und die Familie gedacht.

Der neue, eigens für dieses lang herbei gesehnte Ereignis in Auftrag gegebene, festliche Trachtenanzug hing seit gestern fertig im Schrank und auch die Traudl würde in ihrem bereits zur Bürgermeisterwahl angefertigten roten Dirndl wieder einmal fantastisch und fesch aussehen.

Xaver konnte es kaum erwarten. Seit vielen Jahren beschäftigte er sich jetzt schon mit diesem Projekt, welches all seine privaten Rücklagen aufgefressen und ihm zudem Schulden in siebenstelliger Höhe eingebracht hatte. Einen privaten Investor hatte er zudem benötigt. Die Kosten waren im Laufe der Zeit wesentlich höher gewesen als ursprünglich kalkuliert, aber das spielte jetzt keine Rolle mehr. Das Projekt war fertig und Xaver konnte die Vorfreude auf die Eröffnung kaum verbergen.

Der Golfplatz musste ein Erfolg werden und er hegte nicht den geringsten Zweifel, dass sich dieser auch einstellen würde. Die ältere Generation hatte heutzutage Geld und genau diese Generation mit Geld spielte Golf, so einfach war das.

Er nahm einen gelben Marker und überstrich damit den Namen des Landrates Sebastian Grandl und seiner jungen Frau MariLuise auf der Gästeliste. VIP schrieb er mit schwarzem Filzer in Groß-buchstaben daneben. Der Landrat war ein alter Schulfreund und hatte selbstverständlich zugesagt, zu kommen. Er würde neben Xaver stehen, wenn die Fotos für die Presse gemacht wurden, dies machte sich sicher gut. Apropos Presse. Da war doch dieser Jour-nalist Krause aus Berlin im Ort. Vielleicht war es gar nicht so schlecht, vorab ein Gespräch mit diesem zu führen.

Xaver stand auf und griff zu seinem Janker. Gute Ideen sollte man nie vertagen und außerdem musste er der Susanne eh noch die Sitzplanliste für das Gala-Dinner am Abend vorbeibringen.

Landrat Dr. Grandl und seine Frau MariLuise reisten am späten Nachmittag an und bezogen, wie von Xaver gewünscht, die 50 qm-Suite im Golfhotel. Selbstverständlich zählten auch der Landrat und seine Gattin zu den geladenen Gästen am Abend und Grandl freute sich darauf. Die Speisekarte versprach einiges und er war gespannt, ob die Küche hielt, was die Karte versprach.

MariLu indes hatte keine besondere Lust auf dieses Treffen. Mau-lig saß sie in der gemütlichen Sitzecke der Suite und lackierte ihre Fingernägel.

„Jetzt mach nicht so ein Gesicht, Schneckerl", sagte Sebastian. „Wir müssen ja nicht so lange bleiben. Ein Stündchen, wir essen was Leckeres und dann machen wir es uns hier oben mit einem Fläschchen Rotwein nett. Was meinst du?"

MariLu blieb verstimmt.

„Ständig haben wir irgendwelche Termine", maulte sie. „Und was bei dir ein Stündchen ist, kenn ich schon. Ich brauche dringend mal eine Pause und die Kleine vermiss ich jetzt schon! Dabei ha-ben wir sie gerade erst bei meiner Mutter abgegeben."

„Ja meinst du, ich vermisse die Süße nicht? Aber schau, sie ist noch so klein. Was soll sie hier im Hotel und bei deiner Mutter ist sie doch gut aufgehoben. Nun genießen wir das Abendessen und morgen hauen wir, gleich nach der Eröffnung vom Golfplatz, auch schon wieder ab."

MariLu betrachtete zufrieden ihre Fingernägel.

„Wenn die Nägel trocken sind, geh ich noch runter ins Schwimmbad. Kommst du mit?"

Grandl nickte und öffnete seinen Laptop.

„Sicher, Schneckerl. Ich muss nur noch rasch ein paar Bewerbungen durchschauen. Wir müssen die Stelle vom Pressesprecher im Landratsamt neu besetzen. Ich schau sie mir kurz an, dann geh ich mit dir schwimmen!"

Es wurde ein schöner Abend im neuen Golfhotel, ganz so, wie der Xaver sich das vorgestellt hatte.

Natürlich waren der Landrat und seine Gattin nicht seine einzigen Gäste.

Spontan hatte Xaver neben geladenen Gästen aus dem Ort und der Familie auch den Journalisten Anton Krause eingeladen. Schließlich konnte es nicht schaden, sich mit der Presse auf guten Fuß zu stellen. Für eine Überraschung sorgte Susi Hosenbein, die Toni Hofer mitbrachte und vorstellte.

Traudl war außer sich vor Begeisterung.

„Hochwürden", sagte sie mehrmals am Abend. „Was für ein Segen, dass Sie da sind!"

Sie stellte ein paar Tischkärtchen um und sicherte sich so neben Hochwürden und dem Journalisten Krause einen Platz am Tisch und bat Toni Hofer schließlich auch, ein Tischgebet zu sprechen.

Dieser schien leicht überrumpelt; dann stand er auf, faltete die Hände und sprach: „Lieber Gott, sei unser Gast und segne, was du uns bescheret hast! Guten Appetit."

Mit diesen Worten setzte er sich wieder und griff zum Bier.

Traudl war, ob der Kürze der Worte, einen Moment irritiert, aber der Xaver hochzufrieden. Der neue Pfarrer wusste, wann man sich kurz halten musste. Schließlich hatten alle großen Hunger. Im Laufe des Menüs erfuhr Toni Hofer die Lebensgeschichte von Traudl und ihrer Familie. Begeistert berichtete sie ihm von Max und seiner Schwester Linda. Linda lebte, sehr zu Traudls Kummer, seit Jahren mit ihrem Mann Johannes in Brasilien und führte dort eine Zweigstelle der Weiblinger-Brauerei.

„Ich muss Ihnen mal Bilder zeigen", schwärmte sie. „Die Linda ist gerade zum dritten Mal Mutter geworden. Ein ganz süßes Madel hat sie bekommen." Dann sah sie rüber zu Max, der ihr gegenüber saß und in ein Gespräch mit Susi Hosenbein vertieft war.

„Max, du hast doch immer die Bilder auf dem modernen Dings da ... dem Smartphone. Zeig dem Herrn Hofer doch amal ein Foto von deiner neuen Nichte!"

Max zückte bereitwillig sein Handy, lud die Bildergalerie hoch und reichte das Handy seiner Tante. Als er es kurz darauf zurück nehmen wollte, war es bereits einige Gäste weitergewandert.

Anton Krause sah erstaunt auf, als ihm Max, sichtlich erbost, das Handy aus der Hand nahm.

Max warf Tante Traudl einen bösen Blick zu und steckte das Telefon wieder ein.

„Mei, was du immer hast", sagte Traudl verstimmt. „Die Bilder von der Linda und den Kindern, die interessieren halt viele Leut!"

Später, als sich die Gesellschaft auflöste, ging Max noch auf einen Absacker in die neue Bar des Hotels.

Dort saß der Journalist Krause aus Berlin und neben ihm, mit hochrotem Kopf, der Xaver.

Als Max dazu kam, verstummte ihr Gespräch, aber Max blieb nicht verborgen, dass es zuvor Ärger gegeben hatte.

Xaver verabschiedete sich abrupt und Krause wandte sich Max zu. „Trinken Sie noch ein Glas mit mir?", fragte der Berliner mit leicht schleppender Stimme.

Max sah auf die Uhr, dann nickte er und setzte sich auf den Barhocker neben Krause.

Dieser beugte sich vor.

„Es gibt da ohnehin noch etwas, was ich Sie fragen wollte!"

Als Krause später in sein Zimmer kam, bimmelte sein Handy. Er nahm das Gespräch an und lauschte in den Hörer.

„Sie? Na, mit einem Anruf von Ihnen hätte ich jetzt aber wirklich nicht gerechnet", sagte er dann erstaunt und hörte dem Anrufer weiter gespannt zu.

„Jetzt gleich? Gut, ich habe später noch eine weitere Verabredung, da könnten wir uns vorher treffen."

Krause sah auf seine Uhr.

„Gerne. Dann treffen wir uns in 15 Minuten an der Driving-Range."

(Hinweis für Nicht-Golfer:
Es handelt sich hierbei um den Übungs-Abschlagplatz)

Nachdem er das Gespräch beendet hatte, lächelte er zufrieden.

Er liebte es, wenn ein Plan gelang und wer hätte gedacht, dass es hier in Wulfrathshausen so viele verschüttete und doch hochinteressante Geschichten gab.

Krause griff nach seinem Zimmerschlüssel und machte sich auf den Weg zum Treffpunkt.

Ganz Wulfrathshausen schien auf den Beinen zu sein, als Xaver am nächsten Tag in Begleitung seiner Frau Traudl und dem Landrat Grandl bei allerbestem Wetter endlich vor dem weißen Band stand. Traudl, in ihrer Funktion als Bürgermeisterin, und der Landrat hatten vorweg bereits bemerkenswerte und mit viel Erfolg quittierte Reden gehalten.

Und jetzt, jetzt endlich sollte der große Moment von Xaver Moosgruber kommen. Xaver trat vor und setzte die große Schere am weißen Band an. Genau in diesem geschichtsträchtigen Moment kam von der Platzseite her Unruhe auf. Xaver ließ das bereits angesetzte Schneidwerkzeug wieder sinken und sah auf. Eines der elektrischen Golfautos fuhr in schnellem Tempo auf ihn zu. Am Steuer saß der neu eingestellte Greenkeeper und rief ihm aufgeregt etwas zu, aber in dem Tumult, der nun herum entstand, waren seine Worte nicht zu verstehen.

Einige Damen und Herren sprangen rasch beiseite, Gläser klirrten und Xaver wurde im letzten Moment von seiner beherzten Traudl auf Seite gezogen. Dann durchfuhr das Golfauto das Weiße Band und zerstörte den großen Moment von Xaver Moosgruber. Nach weiteren, wenigen Metern kam der Wagen endlich zum Stehen.

Xaver wurde rot vor Wut im Gesicht.

„Sind Sie des Wahnsinns?", schrie er den Greenkeeper an, der verstört wirkend hinter dem Steuer saß. „Sie haben Sie doch nicht alle beisammen. Sie hätten uns beinahe über den Haufen gefahren, Sie ... Sie ... Sie. Sie sind entlassen!"

Der Mann stieg aus und sah sich um.

„Polizei ... Ist jemand von der Polizei da?", stammelte er dann mit zittriger Stimme. „Wir brauchen die Polizei!"

Edwin Schickerl trat aus der Menge hervor.

„Die Polizei? Wozu brauchen Sie die Polizei? Ich bin hier", rief er. „Was gibt's?"

„Auf der Driving-Range", erklärte der Greenkeeper mit stockender Stimme ... Da hat's einen erwischt. Da liegt einer mit kaputtem Schädel. Des ist vielleicht a Schweinerei! Alles voll Blut."

Edwin Schickerl stellte schnell fest, dass der Greenkeeper nicht übertrieben oder am Vorabend zu tief ins Glas geschaut hatte.

Der Journalist Anton Krause würde seinen Bericht wieder nicht rechtzeitig in die Redaktion schicken können. Mit einem großen Loch im Kopf lag er mausetot in einer großen Blutlache auf der nagelneuen Driving-Range.

An dieser Stelle kann eine Pause gemacht und das Essen serviert werden. Danach geht es mit den Aussagen weiter:

Vorstellungstext Susanne Schwammberger
(bitte als erste in der Runde vortragen)

Vor einigen Jahren war ich mit Konrad Weiblinger, dem Vater von Max, liiert. Leider kam Konrad kurz vor unserer Hochzeit ums Leben; sechs Monate später wurde unsere gemeinsame Tochter Floriane geboren. Ich bin dann zunächst zurück nach München. Aber Floriane soll hier, in Wulfrathshausen, aufwachsen. Hier ist es ja auch viel friedlicher für ein kleines Mädchen, zumindest habe ich das bis eben noch geglaubt. Und jetzt geschieht ein Mord, gleich hier vor unserer Haustüre. Unfassbar.

Der Tote, also der Herr Krause aus Berlin, kam mir von Anfang an seltsam vor; ich weiß nicht. Mit dem stimmte was nicht, er hat so einen halbseidenen Eindruck auf mich gemacht.

Der Schickerl sagte ja, er sei schon in der Nacht, so gegen 24:00 Uhr ermordet worden und natürlich besteht auch die Möglichkeit, dass der Täter hier aus dem Hotel kam. Wir hatten am Abend ja das Gala-Dinner vom Moosgruber, und einige der Gäste haben, wegen der Golfplatzeröffnung am nächsten Morgen quasi praktischerweise auch gleich hier übernachtet. Weit und breit ist ja auch sonst nichts; Wulfrathshausen liegt gut 5 Kilometer entfernt.

Ich wäre dankbar, wenn die Angelegenheit so diskret wie möglich gehändelt wird. Auch der Herr Landrat und seine Gattin wollen doch sicher nicht mit einem Mord in Verbindung gebracht werden, oder?

Eine schlechte Presse zum Start des Hotels und des Golfplatzes können wir wirklich nicht gebrauchen.

Ach ja ... die Videoaufnahmen vom Hotelfoyer habe ich natürlich der Polizei zur Verfügung gestellt. Wir haben die Anlage gegen 23:00 Uhr eingestellt.

Hinweise Susanne

Weitere Informationen für dich! Du darfst von all diesem Wissen in der Ermittlungsrunde Gebrauch machen! Wenn du etwas gefragt wirst, solltest du die Wahrheit sagen, denn du bist nicht der Täter und hast nichts zu befürchten.

Was du wissen musst aus der Vergangenheit:
Vor Jahren warst du mit Max liiert; er stellte dir dann seinen Vater Konrad vor und du hast dich in diesen verliebt.

Konrad Weiblinger wurde später, kurz vor eurer Hochzeit ermordet; dies ist aber ein anderer Fall (MorgenGrauen / Jagdunfall) und hat nichts mit den Ermittlungen heute zu tun.

Nun zu heute:

Du möchtest, dass Floriane als Kind vom Konrad anerkannt wird, damit sie einen nachträglichen Erbanspruch hat. Dazu ist eine DNA-Analyse notwendig. Max oder seine Schwester Linda müssten Genmaterial zur Verfügung stellen, um die Verwandtschaft mit Floriane nachzuweisen. Max hat dies abgelehnt. Also hast du dich an Linda gewandt; sie lebt seit Jahren in Brasilien. Linda kam deiner Bitte nach und hat dir GEN-Material für einen Abgleich zukommen lassen.

Dann der Schock: Das Labor hat festgestellt, dass es zwischen Floriane und Linda keine Übereinstimmung gibt. Da du aber sicher weißt, dass Floriane Konrads Tochter ist, lässt dies für dich nur folgende Rückschlüsse zu: Entweder hat Linda dir absichtlich falsches Gen-Material geschickt oder Linda selbst ist keine Weiblinger, also nicht Konrads Tochter. Du kannst das gleich, wenn du darauf angesprochen wirst, ruhig zur Sprache bringen.

Wer genau hinschaut, der sieht übrigens auch, dass Floriane und Max verwandt sind, sie sehen sich wirklich ähnlich. **Versuche Max**

zu einer DNA-Analyse zu überreden, damit deine Tochter das ihr zustehende Erbe vom Konrad bekommt.

Der Xaver Moosgruber ist zurzeit sehr viel hier im Hotel und er mischt sich recht oft ein ins Tagesgeschäft. So hat er dir auch gesagt, dass die Eheleute Grandl kostenlos die Suite beziehen sollen. Du wirst die Rechnung allerdings auf den Xaver ausstellen, denn zu verschenken hast du nichts. Schließlich zahlst du dem Xaver eine Pacht für das Hotel. Sage dem Xaver, dass die Suite für die Grandls je Nacht 560,00 Euro kostet und du ihm, also dem Xaver, die Rechnung nach der Abreise der Eheleute Grandl geben wirst. Xaver muss lernen, dass du die Dinge im Hotel steuerst und er hier vor Ort nichts zu sagen hat. **Bring dies freundlich, aber bestimmt zum Ausdruck.**

Und noch etwas ist dir aufgefallen:
Die MariLu Grandl hat dir ein Foto ihres Babys gezeigt. Wenn dich nicht alles täuscht, besteht auch hier eine große Ähnlichkeit mit den Weiblingers. Ja, du bist dir ganz sicher: Dieses Mädchen und deine Floriane sind verwandt. Wie ist das möglich? Was kann das bedeuten? **Erzähle den anderen davon.**

Und auch das könnte wichtig sein: In der Suite, in der der Landrat und seine Frau MariLu schlafen, gibt es 2 Schlafzimmer. Es wurden letzte Nacht auch beide Schlafzimmer benutzt. Dies weißt du, weil du heute Morgen selbst den Betten-Service gemacht hast. Ein Alibi für die gesamte Nacht haben die Eheleute also nicht, wenn sie getrennt schlafen. **Sprich dies ebenfalls an.**

Außerdem haben auch der Xaver und die Traudl hier übernachtet; allerdings in einem ganz normalen Doppelzimmer.

Alle Zimmer hier im Haus haben Zugang zur Feuertreppe. Die Feuertreppe endet auf dem Parkplatz hinter dem Hotel. Jeder der Gäste kann das Hotel also ungesehen verlassen. Bis zur Driving-Range sind es vom Hotel aus zu Fuß ca. 10 Minuten. **Berichte den anderen von der Feuertreppe.**

Und noch etwas ist wichtig: Der Toni Hofer hat gestern noch sehr spät an der Rezeption des Hotels einen Nachtkurier angefordert. Dieser Nachtkurier hat ein Paket abgeholt in der Hotelhalle. Adressiert war dieses an ein Labor in München. Was war denn darin? **Frag ihn mal, den Toni Hofer.**

Xaver Moosgruber hat in den letzten Wochen an Bürger aus Wulfrathshausen Gutscheine für die „24-Stunden Driving-Range" verteilt. Wer so einen Gutschein bekommen hat, darf hier 10x kostenlos den Abschlag üben. Du hast auch einen solchen Gutschein erhalten, bezweifelst aber, dass du Zeit für diesen Sport haben wirst. In München damals warst du allerdings **eine aktive Golferin und hattest auch ein gutes Handicap.**

Nach den Ermittlungen schreibt jeder auf, wen er für den Täter hält. Später lösen wir den Fall dann gemeinsam auf.

Vorstellungstext Max Weiblinger
(bitte nach Susanne in der Runde vortragen)

Ich leite die vom Vater geerbte Brauerei; wir sind hier am Ort der größte Arbeitgeber. Die Brauerei gehört meiner Schwester Linda und mir gleichermaßen; Linda lebt allerdings seit dem Tod unseres Vaters in Rio de Janeiro und hat dort mit ihrem Mann Johannes eine Zweigstelle aufgebaut. Unser Bier ist halt weltweit sehr gefragt.

Am Abend des Gala-Dinners habe ich noch kurz mit dem Herrn Krause in der Bar gesessen, aber er war betrunken und das Gespräch entsprechend unerfreulich. Das war ein seltsamer Kauz.

Ansonsten bin ich extrem beschäftigt; wir erweitern gerade die Brauerei, ich habe echt viel um die Ohren.

Was ich nach dem Gala-Dinner gemacht habe? Nix Besonderes. Ich war halt todmüde und bin gleich heimgefahren. Am nächsten Morgen war ja die Golfplatzeröffnung und der große Tag vom Xaver und meiner Tante Traudl und das durfte ich natürlich nicht verpassen. Das hätte mir die Tante nie verziehen; sie und der Xaver arbeiten ja seit Jahren auf diesen Tag hin.

Hinweise Max

Weitere Informationen für dich! Du darfst von all diesem Wissen in der Ermittlungsrunde Gebrauch machen! Wenn du etwas gefragt wirst, solltest du die Wahrheit sagen, denn du bist nicht der Täter und hast nichts zu befürchten.

Historie/ aus der Vergangenheit: Dein Vater Konrad hat dir seinerzeit deine Braut Susanne ausgespannt; die beiden wollten sogar heiraten. Kurz vor der Hochzeit starb dein Vater; seitdem leitest du die Brauerei. Floriane, die Tochter von Susanne, wurde 6 Monate nach dem Tod deines Vaters geboren. Der Tod deines Vaters spielt heute hier in diesem Stück aber keine Rolle; dies ist ein anderer Krimi. (Jagdunfall/MorgenGrauen)

Nun zu unserem Fall heute:
Susanne möchte, dass ihre Tochter Floriane als Kind deines Vaters anerkannt wird, um nachträglich noch Erbansprüche geltend zu machen. Zu diesem Zwecke bat sie dich um einen DNA-Vergleich. Du hast dich hier bisher verweigert.
Linda aber hat dir gemailt, dass sie der Bitte von Susanne entsprochen und bereits vor Wochen Gen-Material für einen Vergleich zur Verfügung gestellt hat.
Komisch, dass Susanne nicht mehr davon spricht. Hat sie das Gen-Material in einem Labor prüfen lassen und **wie war das Ergebnis**? Es müsste doch längst vorliegen. Oder schweigt Susanne, weil Floriane doch nicht das Kind deines Vaters ist? **Frage Susanne danach.**

Du hattest vor ein paar Monaten eine kurze Affäre mit MariLu Grandl und bist der Vater des Babys (Sophia) von MariLu. Das Kind ist dir auch recht ähnlich; aufgefallen ist dies aber bisher wohl niemanden und MariLu möchte auch auf keinen Fall, dass ihr Mann davon erfährt.

Leider hat Tante Traudl dein Handy während des Gala-Dinners herumgereicht, um Bilder von Linda und ihrer Familie in Brasilien zu zeigen. Der Journalist Krause hatte das Handy auch in den Fingern. Dabei hat er eine vertrauliche und eindeutige WhatsApp-Nachricht von MariLu gelesen. Krause hat dich in der Bar darauf angesprochen. Du hast ihm gesagt, es ginge ihn nichts an, aber dir war gleich klar, dass der Mann noch Probleme machen würde.

Du hast dich in der Mordnacht noch gegen 23:30 Uhr mit MariLu auf dem Parkplatz am Hotel getroffen und ihr von Krauses Entdeckung erzählt. Sie reagierte besorgt, denn sie möchte auf keinen Fall eine Scheidung von ihrem Mann riskieren. Gegen 24:00 Uhr habt ihr euch verabschiedet. Du bist nach Hause gefahren. Dabei bist du um ca. 00:15 Uhr in eine Alkoholkontrolle geraten. Da du aber keinen Alkohol getrunken hattest, war alles gut.

Du weißt, dass Tante Traudl und Xaver ihr gesamtes Vermögen in den Bau des Golfplatzes gesteckt haben. Xaver hatte dich vor einiger Zeit gefragt, ob du investieren, also finanziell einsteigen möchtest. Er brauchte dringend einen Geldgeber, dem er vertrauen kann. Die Kosten für den Golfplatz sind ihm wohl über den Kopf gewachsen.

Du hast eine Beteiligung abgelehnt, denn es standen gerade große Investitionen in der Brauerei an. Hat er einen Investor gefunden? **Frag ihn danach.**

Fakt ist: Wenn der Golfplatz jetzt nicht rasch ein Erfolg wird, sind Traudl und Xaver bankrott. Da darf jetzt wirklich nichts mehr zwischen kommen.

Und noch etwas ist seltsam: Der neue Pfarrer Toni Hofer flirtet ganz offensichtlich mit der Susi Hosenbein. Wie kann das sein? Er ist doch katholischer Pfarrer, oder? Sprich diese Beobachtung ruhig einmal an.

Nach den Ermittlungen schreibt jeder auf, wen er für den Täter hält. Später lösen wir den Fall dann gemeinsam auf.

Vorstellungstext Toni Hofer
(bitte nach Max in der Runde vortragen)

Vielen Dank für den freundlichen Empfang. Bei der Pfarrstellenkonzeption spielen die Gemeindemitgliederanzahl und der enge kirchliche Finanzrahmen eine Rolle. Es kann daher nicht wie in früheren Jahren mit einer automatischen Wiederbesetzung aller vorhandenen Pfarrstellen gerechnet werden. Daher ist hier vor Ort leider noch alles offen.

Und, um die Wahrheit zu sagen, zunächst bin ich auch in einer rein privaten Angelegenheit hier. Meine Mutter hat früher hier im Ort gelebt. Einige von Ihnen kennen sie vielleicht noch; sie hieß Rosi Schieferle, ging mit 18 Jahren nach München und hat danach jeden Kontakt zu ihren Eltern und dem Dorf hier abgebrochen. Leider ist sie vor einigen Wochen verstorben und ich habe erst nach ihrem Tod von ihrer Herkunft aus Wulfrathshausen erfahren. Sie hat nie etwas über diesen Ort erzählt und wir waren auch niemals hier zu Besuch. Wenn ich nach ihren Eltern gefragt habe, sagte sie mir immer, diese seien schon früh verstorben.

Das ist seltsam, finden Sie nicht auch? Ich würde mich freuen, wenn mir der eine oder andere vielleicht etwas aus der Zeit, als Mutter noch hier gelebt hat, erzählen könnte. Natürlich habe ich im Vorfeld auch recherchiert; der Hof meiner Großeltern existiert nicht mehr. Nach dem Tod der Großeltern hat der Herr Moosgruber den Hof mit dem Land von der Gemeinde gekauft, abgerissen und mit ins Golfplatzgelände integriert.

Kurioserweise müsste laut den Plänen, die ich eingesehen habe, genau da, wo jetzt die Driving-Range ist, der Hof der Großeltern gestanden haben. Also genau dort, wo der Journalist Krause ermordet wurde. Dies ist, so nehme ich einmal an, ein Zufall. Oder nicht? Ich bin für jede Information dankbar.

Hinweise Toni Hofer

Weitere Informationen für dich! Du darfst von all diesem Wissen in der Ermittlungsrunde Gebrauch machen! Wenn du etwas gefragt wirst, solltest du die Wahrheit sagen, denn du bist nicht der Täter und hast nichts zu befürchten.

Vorweg: Du bist gar kein Pfarrer, sondern Gastwirt in Berlin.

Deine Mutter hat dir in einem Abschiedsbrief mitgeteilt, dass sie mit dir schwanger war, als sie als junge Frau den Ort hier verlassen hat. Ihre Eltern waren katholisch und haben sie wegen der Schwangerschaft verstoßen; daher ist sie auch nie mehr hierher zurückgekehrt. Sie ist nach München gegangen und hat dort den Mann, den du bisher für deinen leiblichen Vater gehalten hast, kennengelernt und geheiratet. Sie schrieb dir weiterhin, dass du dich in Wulfrathshausen an den alten Pfarrer Huber wenden sollst. Er wisse, wer dein Vater sei und würde dir alles erklären. Du hast daraufhin mit dem Pfarrer Huber telefoniert und er lud dich ein, herzukommen. Als du hier ankamst, war es zu spät; der alte Pfarrer war Tage vorher gestorben. Du bist durch das nicht verschlossene Pfarrhaus gegangen und hast dich umgesehen, in der Hoffnung, dass er eine Nachricht für dich hinterlassen hat. In seinem Schlafzimmer hingen sein Talar und das Beffchen und du hast diese Dinge, einem Impuls folgend, anprobiert. Dann kam plötzlich die Susi Hosenbein ins Zimmer gestürmt. Du hast nicht widersprochen, als sie dich für den neuen Pfarrer hielt.

Nun fragst du dich, wer dein biologischer Vater sein könnte. Rein altersmäßig kämen Xaver Moosgruber, der vor Jahren verstorbene Konrad Weiblinger und auch der Landrat Grandl in Frage. Du hast gestern Abend beim Gala-Dinner heimlich GEN-Material eingesammelt; vom Landrat ein benutztes Taschentuch, vom Max ein paar Haare (als Sohn vom Konrad Weiblinger wäre ebenfalls eine DNA-Übereinstimmung vorhanden) und vom Moosgruber einen Zigarettenstummel. Dieses Material hast du per Nachtkurier einem Freund geschickt, der ein Labor in München betreibt. Du wirst heute noch die Ergebnisse erhalten und dann wissen, ob einer der Vorgenannten dein leiblicher Vater ist. **Berichte den anderen davon. Und wer kann dir was von deiner Mutter erzählen?**

Auch das ist wichtig:
Bei deiner Recherche über den Hof deiner Großeltern hast du herausgefunden, dass es bezüglich des Golfplatzes keinen „Antrag auf Nutzungsänderung des Wiesenlands zur Sportstätte" gegeben hat. Eine Baugenehmigung für Golfplatz und Hotel hätte es demnach gar nicht geben dürfen. **Sprich den Landrat Grandl und den Moosgruber darauf an. Wissen sie etwas von diesem Versäumnis?**

Leider hast du am Abend auf der Herrentoilette des Restaurants einen Notizzettel verloren. Auf diesem stand: „Nutzungsänderung Wiesenland-Golfplatz nicht erfolgt???". **Frage, ob jemand der Anwesenden den Zettel im Herren-WC gefunden hat.**

Frage die Traudl als Bürgermeisterin, ob dir gegebenenfalls noch ein Erbanspruch vom Hof der Großeltern zusteht. Soweit dir bekannt ist, hat deine Mutter nichts aus diesem Erbe erhalten. Der Hof wurde von der Gemeinde an den Moosgruber verkauft, weil damals keine Erben ermittelt werden konnten. Der Moosgruber war seinerzeit Bürgermeister der Stadt. **Die Sache hat ein „Geschmäckle", oder?**

In deiner Eckkneipe in der Nähe des Bundestages gehen Politiker und Journalisten ein und aus. Dort ist dir mehrfach der Journalist Krause begegnet. Er hat dich beim Gala-Dinner erkannt und später auch auf deine wahre Identität angesprochen. Du hast ihm daraufhin erzählt, dass dich die Suche nach deinem leiblichen Vater hergetrieben hat. Leider war dir gleich danach klar, dass dies ein Fehler war. Du hast in der Nacht einige Male versucht, ihn anzurufen, um ihn um Verschwiegenheit zu bitten, aber er ging nicht mehr an sein Handy.

Die letzte Ölung bei der Buchmüllerin hast du improvisiert; sie hat aber die Beichte abgelegt. Früher war sie hier im Ort die Hebamme. Sie hat dir bei der Beichte erzählt, dass die Linda Weiblinger, die Schwester vom Max / Tochter vom verstorbenen Konrad Weiblinger, gar nicht Konrads Kind sei. Sie behauptete, Linda sei die Tochter vom Landrat Grandl; er habe damals ein Verhältnis mit Josefine, der Frau vom Konrad, gehabt. Kann das möglich sein? **Frage den Grandl, ob das zutrifft.**

Die Susi Hosenbein ist eine sehr hübsche und patente Frau; **du flirtest mit ihr!**

Und, falls du gefragt wirst: Nein, du kannst nicht Golf spielen; du hattest noch nie einen Golfschläger in der Hand.

Nach den Ermittlungen schreibt jeder auf, wen er für den Täter hält. Später lösen wir den Fall dann gemeinsam auf.

Vorstellungstext Xaver Moosgruber
(bitte nach Toni in der Runde vortragen)

I könnt ja die Wänd rauf- und wieder runter laufen. Da arbeitet man Tag und Nacht ... und das seit Jahren, um endlich diesen Golfplatz zu eröffnen! Und dann passiert so was! Das ist doch zum Haare raufen.

Aber ich sag euch was! Das Telefon steht nicht mehr still bei uns und die Journalisten stürzen sich auf diesen Mord, wie eine Horde Wespen-Viecher auf aan Pflaumendatschi. Wir haben Presse deutschlandweit. Verrückt, oder? Die Leute buchen Abschlagszeiten auf dem Golfplatz, wir kommen kaum nach. Gut, dass wir ja auch eine 24-Stunden-Driving-Range anbieten; bei uns kann man rund um die Uhr abschlagen. Dafür lassen wir auf der Range in der Nacht das Licht an. Alles umweltfreundlich mit Solar. Wahnsinn, gell? Des gibt es nur bei uns!

Des Ding kommt's ans Laufen, glaubt es mir. Ein Xaver Moosgruber hat es noch immer geschafft!

Wie sagt die Kanzlerin: WIR SCHAFFEN DAS und ja ... I sag's euch: der Moosgruber, der schafft des auch.

Hahaha.

Tja ... und was die Rosi angeht. Sie, Herr Hofer, san also der Rosi ihr Sohn? Ja, was soll I dazu sagen. Des war ein fesches Madel damals, die Rosi. Habe ich aber nur flüchtig gekannt. Eher oberflächlich, würd ich sagen. Hm, ..., is ja auch so mächtig lang her, gell? Viel erzählen kann ich Ihnen da nicht zu Ihrer sehr verehrten Frau Mutter. Hm ... tja ... also ...

Die Traudl und ich, wir haben jedenfalls überhaupt nix mit dem Tod von diesem Schreiberling da zu tun. Freilich haben wir hier im

Hotel übernachtet. War ja praktisch. Und wir haben auch gestern, beim Gala-Dinner, zu viel getrunken, als dass wir die 5 Kilometer in den Ort noch hätten fahren können. Meine Traudl und ich, das steht fest, haben das Hotel nach 24:00 Uhr nicht mehr verlassen, gell, Spatzi?

Hinweise Xaver

Weitere Informationen für dich! Du darfst von all diesem Wissen in der Ermittlungsrunde Gebrauch machen! Wenn du etwas gefragt wirst, solltest du die Wahrheit sagen, denn du bist nicht der Täter und hast nichts zu befürchten.

Während der Bauphase des Golfplatzes war schnell klar, dass du dieses Projekt finanziell nicht alleine stemmen kannst. Du hast einen zuverlässigen und vertrauensvollen Investor gesucht. Max Weiblinger wäre dein Wunschkandidat gewesen; aber Max hat abgelehnt. Schließlich hast du den Landrat Grandl gefragt; er ist ein alter Schulfreund. Da sein Landratsamt aber für die Genehmigungen am Golfplatz zuständig ist, konnte er nicht als Investor einsteigen. Er hat seine recht wohlhabende Schwiegermutter Bertha Hogenfeld als Investorin gewonnen; sie ist jetzt Teilhaberin am Golfplatz und dem Hotel und hat 1.000.000,00 Euro investiert. Außerdem hat Grandl über sein Amt alle Genehmigungen wohlwollend beschleunigt.

Vor einigen Tagen dann hat er dich darüber informiert, dass versäumt wurde, für das Golfplatzgelände einen „Nutzungsänderungsantrag vom Wiesenland zur Sportstätte" zu stellen. Ohne diese Nutzungsänderung hätte gar keine Baugenehmigung erteilt werden dürfen. Wenn das raus kommt, sind der Golfplatz und das Hotel von der vorläufigen Schließung bedroht. Das Verfahren dauert dann wieder Monate, bis alles nachträglich genehmigt wird und einen weiteren Verzug kannst du dir einfach nicht leisten. Grandl versprach dir, die Sache auf dem kleinen Dienstweg und ohne viel Aufhebens in Ordnung zu bringen.

Gestern Abend dann ein Schock:

Der Journalist Krause aus Berlin sprach dich nach dem Essen in der Bar genau auf dieses Thema an. Er wusste offensichtlich, dass die Nutzungsänderung fehlt und verlangte 100.000,00 Euro Schweigegeld.

Du hast noch in der Nacht mit dem Grandl über die Situation gesprochen; er sagte dir zu, mit Krause zu sprechen und er war sicher, dass alles gut ausgehen würde.

Frage Grandl, ob er „in eurer Sache" etwas erreichen konnte.

Nun zu Rosi Schieferle:
Rosi hat als junges Mädchen hier im Ort gelebt, sie war mit 18 Jahren plötzlich über Nacht fort und du hast nie wieder von ihr gehört. Als Rosis Eltern starben, waren keine Erben zu ermitteln; Rosi war unauffindbar verzogen. Die Gemeinde erbte daher Hof und Grund. Du hast diese Liegenschaft dann recht preiswert für 75.000,00 Euro von der Gemeinde gekauft und im Golfplatzgelände integriert; auf dem Grund steht jetzt die Driving-Range, auf welcher der Mord geschah. Da du seinerzeit selbst der Bürgermeister von Wulfrathshausen warst, hat dieser Kauf natürlich ein „Geschmäckle". Solltest du darauf angesprochen werden, sage, du hast den seinerzeit üblichen Preis bezahlt. Der Hof war ja recht heruntergekommen.

Außerdem:
Du warst als junger Bursche sehr verliebt in die Rosi und hattest eine intime Beziehung mit ihr.

Du hast mit Traudl hier im Hotel übernachtet. Ihr seid gegen 23:00 Uhr ins Zimmer hinauf gegangen und du bist sogleich tief und feste eingeschlafen.

Und noch etwas:

Du bist ein sehr guter Golfer; Traudl allerdings kann überhaupt nicht golfen. Du hast in den letzten Wochen an verdiente Bürger Gutscheine für die Driving-Range verteilt. Wer so einen Gutschein bekommen hat, darf hier 10x kostenlos üben.

Nach den Ermittlungen schreibt jeder auf, wen er für den Täter hält. Später lösen wir den Fall dann gemeinsam auf.

Vorstellungstext Traudl Moosgruber
(bitte nach Xaver in der Runde vortragen)

Mein Mann Xaver und ich haben sehr viel Geld und Herzblut in diese Anlage gesteckt und Xaver hat sich so sehr auf das Durchschneiden von dem Dingsda, dem weißen Band, gefreut. Ein großer Moment sollte des werden nach all den Schindereien und Problemen, die man bei so einem Großprojekt halt hat. Sie ahnen ja gar nicht, wie lang das alles gedauert hat von der Planung bis heuer. Mei, Xaver, es tut mir so leid.

Ein Berliner war der Herr Krause; der Täter muss daher selbstverständlich auch ein Preuße sein, gell. Wer weiß, wo der da überall seine Nas reingesteckt hat ... in Berlin. Da leben doch all die Großkopferten und die Abgedrehten. Da liegt des Motiv, des sag I Ihnen, denn wir alle hier, ja, wir alle kannten den Mann ja gar nicht. Ich bin sicher, der tüchtige Herr Schickerl wird leicht herausfinden, wer von den angereisten Gästen ebenfalls aus Berlin stammt und dann wird der Fall ruckzuck aufgeklärt. Bis dahin bitte ich Sie, Ruhe zu bewahren.

Eines, eines geht mir aba nach den Worten vom neuen Hochwürden, dem Toni Hofer, gar net mehr aus dem Kopf, gell ... Unser alter Pfarrer, der liebe Luitpold Huber, den mir ja grad die Tag erst auf an Friedhof nausbracht haben, der hat mi letzte Woche noch auf die Schieferle Rosi angesprochen. Er hat mi gefragt, ob I mi noch an damals und ant Rosi erinnern tät. Ja, freilich, Hochwürden, hob I noch gsogt an dem Tag. Freilich erinnere ich mich; sie war ja meine beste Freundin. Weg is sie, von einem Tag auf den anderen. Und der Luitpold nickte nur und sagte ...ja mei ... ja mei ... und dann ging er fort. Des ist jetzt aber scho seltsam, des jetzt ausgerechnet heut der Bub von der Rosi hier bei uns ist, oder?

Hinweise Traudl

Weitere Informationen für dich! Du darfst von all diesem Wissen in der Ermittlungsrunde Gebrauch machen! Wenn du etwas gefragt wirst, solltest du die Wahrheit sagen, denn du bist nicht der Täter und hast nichts zu befürchten.

Historie:
Du bist die Tante von Max und Linda, den Kindern deines verstorbenen Bruders Konrad.
Linda lebt seit Jahren in Brasilien und hat dort eine Familie gegründet und Max leitet die vom Vater geerbte Brauerei. Konrad starb vor Jahren, kurz vor der Eheschließung mit Susanne. Die gemeinsame Tochter Floriane ist erst nach Konrads Tod geboren.

Nun zu unserem Fall heute:
Dein Mann Xaver hat euer gesamtes Geld in das Golfplatzprojekt gesteckt; es darf nichts schiefgehen. Wenn der Golfplatz jetzt nicht ganz schnell eröffnet wird und Geld einspielt, seid ihr bankrott. Xaver ist in den letzten Tagen sehr seltsam; du glaubst, dass ihn irgendetwas sehr bedrückt. **Frage ihn danach.**

Max hat dir beim Gala-Dinner sein Handy gegeben. Dort sind Fotos von Lindas Familie gespeichert, diese wolltest du einer Freundin zeigen. Irgendwie ist das Handy dann herumgewandert. Max hat sich furchtbar aufgeregt, als er es bemerkte. Fakt ist: Es gibt auf dem Handy ein Bild mit einem Baby, welches nicht Lindas Kind ist. Max hat ein Herz darunter gesetzt. Kann es sein, dass Max Vater geworden ist? Aber warum heimlich und wer ist die Mutter? **Frag ihn danach.**

Der neue Pfarrer Toni Hofer ist sehr nett, aber das Tischgebet war ja wohl eher für einen Kindergarten geeignet. Und die Buchmüllerin, der es übrigens wieder ganz gut geht, hat dir berichtet, die letzte Ölung habe sie sich auch anders vorgestellt. Andererseits war es ja ihre erste „letzte Ölung". Ob sie weiß, wie so was normalerweise abläuft, ist fraglich. Wo hat der Toni Hofer denn Theologie studiert? **Frag ihn doch mal danach und vielleicht kann er auch spontan ein Gebet für den Ermordeten sprechen?**

Nun zu Tonis Mutter, der Rosi Schieferle :
Rosi Schieferle ist mit euch im Ort aufgewachsen. Mit 18 Jahren ging sie über Nacht fort und kam nie wieder. Sie war damals deine beste Freundin; du weißt, dass sie schwanger war, als sie fortging. Sie hat sich deshalb mit ihren Eltern überworfen, diese haben sie verstoßen, als sie von der Schwangerschaft erfuhren. Du hast Toni Hofer eben nach seinem Geburtsjahr gefragt. Dein Verdacht hat sich bestätigt: **Rosi war mit Toni schwanger als sie fortging**; Toni Hofers Vater muss also hier aus dem Ort kommen. Dein Bruder Konrad und auch dein Mann Xaver waren damals sehr viel mit der Rosi zusammen. Ihr Herz schlug aber auch für den jetzigen Landrat Grandl; dies hatte sie dir anvertraut. **Wer könnte Tonis Vater sein? Versuche dies heraus zu finden.**

Xaver und du, ihr habt nach dem Gala-Dinner hier im Hotel übernachtet. Ihr seid gegen 23:00 Uhr hoch ins Zimmer. Xaver ist sogleich ins Bett und feste eingeschlafen. Du hast allerdings feststellen müssen, dass du die Dirndlbluse für die Golfplatzeröffnung zu Hause vergessen hast und musstest noch einmal zurück nach Wulfrathshausen fahren. Du hast das Hotel gegen 23:20 Uhr verlassen und warst gegen 00:30 Uhr wieder zurück. Du bist über die Feuerleiter zurück ins Hotel gelangt und hattest vorher die Balkontüre angelehnt, um wieder hinein zu kommen. Dies war der praktischste Weg; der Parkplatz liegt ja gleich an den Feuertreppen. Xaver schlief tatsächlich tief und fest, als du zurück kamst; er hat überhaupt nicht gemerkt, dass du fort warst.

Xaver hat in den letzten Wochen an verdiente Bürger Gutscheine für die Driving-Range verteilt. Wer so einen Gutschein bekommen hat, darf hier 10x kostenlos üben. Du hast auch einen solchen Gutschein vom ihm bekommen und freust dich schon aufs Training, denn du kannst leider überhaupt kein Golf spielen. Xaver hingegen spielt sehr gut!

Nach den Ermittlungen schreibt jeder auf, wen er für den Täter hält. Später lösen wir den Fall dann gemeinsam auf.

Vorstellungstext Landrat Sebastian Grandl
(bitte nach Traudl in der Runde vortragen)

Tja, meine Damen und Herren, was für ein tragischer Tag. Sie werden verstehen, dass ich, als Landrat, möglichst aus der Sache herausgehalten werden möchte. So was bringt ja immer eine schlechte Presse und es steht ja außer Frage, dass wir, also meine bezaubernde Frau MariLu und ich, nichts mit diesem Mordfall zu tun haben. Wir waren ja auch die ganze Nacht über zusammen in der Suite, denn wir haben seit der Geburt unserer Tochter sehr wenig Zeit für uns. Sie sehen, wir haben beide ein Alibi. Habe die Ehre! MariLu, hast du schon gepackt? Wir müssen jetzt schauen, dass wir heimkommen.

Hinweise Sebastian

Weitere Informationen für dich! Du darfst von all diesem Wissen in der Ermittlungsrunde Gebrauch machen.

Xaver brauchte für den Bau der Golfanlage dringend einen Investor. Du hast deine vermögende Schwiegermutter Berta Hogenfeld als Investorin gewonnen; sie ist mit 1.000.000,00 Euro beteiligt. Als Politiker konntest du dich nicht direkt beteiligen, zumal dein Landratsamt für die Genehmigungsverfahren bei dieser Golfanlage zuständig ist. Natürlich hast du auch die eine oder andere Genehmigung während der Bauarbeiten „beschleunigt".

Vor einer Woche sagte dir ein enger Mitarbeiter vertraulich, dass versäumt wurde, für das Golfplatzgelände einen „Nutzungsänderungsantrag vom Wiesenland zur Sportstätte" zu stellen. Ohne diese Nutzungsänderung hätte gar keine Baugenehmigung erteilt werden dürfen. Wenn das öffentlich wird, müssen alle Genehmigungsverfahren wiederholt werden; dies kann sich über Monate hinziehen. Die Eröffnung von Golfplatz und Hotel wäre gefährdet; außerdem wird man deinem Amt natürlich Schlamperei vorwerfen.

Du hast den Xaver darüber informiert, er war völlig schockiert.
Xaver hat all sein Vermögen in den Golfplatz gesteckt; ohne die pünktliche Eröffnung ist er bankrott und deine Schwiegermutter wird dir sicher ebenfalls Probleme bereiten. Das darf nicht passieren!

Du hast Xaver beruhigt und versprochen, dass du die Sache mit der nachträglichen Nutzungsänderung auf dem kleinen Amtsweg in Ordnung bringen wirst.

Gestern Abend dann der Schock: Der Journalist Krause hat den Xaver auf genau dieses Thema angesprochen. Xaver sagte dir,

Krause erpresse ihn mit 100.000,00 Euro; diese Summe wollte er als Schweigegeld. Du hast Krause daraufhin in seinem Zimmer angerufen und um ein Gespräch gebeten. Er schlug als Treffpunkt die Driving-Range vor. Diese ist die ganze Nacht beleuchtet.

In der Suite gibt es 2 Schlafzimmer; MariLu und du, ihr schlaft immer getrennt. MariLu ging gleich nach dem Gala-Dinner in ihrem Zimmer schlafen und bat dich, sie nicht mehr zu stören. Dies war dir in dieser Nacht auch ganz recht so. Du bist dann später, mit Jogginganzug bekleidet, über die Feuerleiter aus dem Hotel gelangt und hinüber zur Driving-Range gelaufen. Krause kam wie verabredet. Du hast ihm statt der einmaligen 100.000,00 Euro die gut dotierte Stelle als Pressemitarbeiter im Landratsamt angeboten. Er war hoch erfreut über dieses Angebot; ihr ward euch einig und die Erpressung vom Tisch. Dann hat er dich gefragt, ob du ihm einmal einen Abschlag zeigen kannst; er interessierte sich dafür, Golf zu lernen. Du bist ein guter Golfer und der Bitte gerne nachgekommen. Schläger und Bälle lagen für die Eröffnung schon bereit. Du hast dich in Position gestellt, ausgeholt und mit Schwung den Ball abgeschlagen. Das Entsetzen traf dich, als du gespürt hast, dass dir nicht nur ein fantastischer Abschlag gelungen war. Du hast beim Rückschwung auch den Journalisten Krause am Kopf getroffen; er stand einfach zu nah hinter dir. Krause sank am Abschlag um, wie ein gefällter Baum. Du hast den Griff des Schlägers notdürftig abgewischt, den Schläger fallen lassen und bist quer über den Golfplatz zurück ins Hotel gelaufen; du hast also nicht die Wege benutzt. Über die Feuerleiter kamst du ungesehen wieder in eure Suite. Von MariLu hast du nichts gehört; sie schlief vermutlich tief und fest in ihrem Zimmer.
Da du ein paar Spritzer Blut abbekommen hast, bist du dann sofort duschen gegangen. Den Jogginganzug hast du danach in eine Tüte

gepackt und noch in der Nacht in den Wagen gebracht. Dort liegt er jetzt unter der Kofferraumabdeckung. In der Aufregung hast du auf diesem Weg die Hotelhalle genutzt; dies war gegen 01:00 Uhr heute in der Frühe. Wenn du darauf angesprochen wirst: Sag einfach, du hast Papiere im Wagen gesucht, um noch etwas zu arbeiten.

Zu Rosi Schieferle: Du stammst auch aus Wulfrathshausen und kanntest die Rosi natürlich. Das Madel hat dich damals angeschwärmt, aber sie war dir zu jung. Du weißt aber, dass der Xaver Moosgruber ein sehr enges Verhältnis zu ihr hatte. **Das kannst du den anderen ruhig erzählen.**

Und noch etwas ist wichtig: Du hattest vor vielen Jahren ein Verhältnis mit Josefine Weiblinger, der Mutter vom Max. Josefines Tochter Linda, die heute in Rio lebt, könnte deine Tochter sein. Dies zumindest hat Josefine einmal anklingen lassen. Vielleicht wirst du heute noch darauf angesprochen. **Du kannst dies ruhig zugeben. Es ist ja viele Jahre** her.

Höre genau hin, was der Herr Schickerl gleich zur Spurenlage sagt. Passen diese Angaben zu dem, was sich in der Nacht abgespielt hat, oder war nach dir noch jemand auf der Driving-Range?
Du musst nun selbst entscheiden, was du von den Geschehnissen der Nacht zugeben willst. Denk an deine Karriere und versuche, möglichst unbeschadet aus der Sache heraus zu kommen.
Ein Motiv für diese Tat haben hier sicher mehrere Personen. Es sollte daher gelingen, den Verdacht auf eine andere Person zu lenken. Viel Glück!

Nach den Ermittlungen schreibt jeder auf, wen er für den Täter hält. Später lösen wir den Fall dann gemeinsam auf.

Vorstellungstext MariLu Grandl
(bitte nach Sebastian in der Runde vortragen)

Ich bin rein zufällig hier. Es ist eine von vielen offiziellen Veranstaltungen, die mein Mann als Landrat in Begleitung absolvieren muss.
Glauben Sie mir, ich wäre wirklich viel lieber daheim bei unserer Sophia. Sie ist erst 6 Monate alt und jede Stunde, die ich von meinem Kind getrennt bin, ist eine Stunde zu viel. Ich hätte sie auch gerne mitgebracht, aber mein Mann war dagegen. Er meinte, die Kleine muss sich dran gewöhnen, bei der Oma zu schlafen und vermutlich hat er sogar recht damit. Gestern Abend ist mir nichts weiter aufgefallen; beim Gala-Dinner war es sehr lecker und nett. Außerdem habe ich mich sehr gut mit dem Herrn Hofer unterhalten. Das ist ja selten, dass man auf einen so gut aussehenden und weltoffenen Pfarrer trifft. Ich bin dann früh ins Bett gegangen und kannte den Herrn Krause auch nicht. Nein, ich werde Ihnen keine große Hilfe sein bei der Aufklärung dieses Falles.

Hinweise MariLu
Weitere Informationen für dich! Du darfst von all diesem Wissen in der Ermittlungsrunde Gebrauch machen

Du hattest vor Monaten kurz eine Affäre mit Max Weiblinger; er ist der Vater deiner Tochter Sophia. Natürlich soll dies niemand wissen, um deine Ehe nicht zu gefährden. Der Journalist Krause hat dich gestern Abend nach dem Gala-Dinner aber darauf angesprochen. Er wollte dich in der Nacht auf der Driving-Range vom neuen Golfplatz treffen um, wie er sich ausdrückte „eine Regelung für deine Zukunft finden". Es war dir gleich klar, dass er dich erpressen wollte.

Später kam eine Nachricht von Max auf dein Handy; er bat dich ebenfalls noch in der Nacht um ein Treffen.

In der Suite gibt es 2 Schlafzimmer. Ihr schlaft getrennt, weil dein Mann schnarcht. Nach dem Gala-Dinner hast du Müdigkeit vorgetäuscht und bist gleich in dein Schlafzimmer gegangen. Du hast deinen Mann gebeten, dich nicht mehr zu stören. Später bist du über die Feuerleiter aus dem Hotel gelangt. Max hat im Wagen auf dem Parkplatz gewartet; er berichtete dir, dass der Journalist Krause sein Handy in den Fingern hatte und eine kompromittierende Nachricht von dir gelesen hat. Nun wusstest du also, woher Krause sein Wissen bezüglich Sophia/Max hatte. Max hat das sehr gelassen aufgenommen; ihm kann das ja letzten Endes auch egal sein. Du aber möchtest unbedingt mit Grandl zusammenbleiben; eine Scheidung willst du nicht riskieren.

Max fuhr dann zurück nach Wulfrathshausen. Du aber bist zur Driving-Range gelaufen, um Krause wie verabredet zu treffen. Die

Driving-Range ist nachts beleuchtet; man kann dort 24 Stunden die Bälle abschlagen. Als du dort ankamst, hast du Krause verletzt vorgefunden. Er saß an einer der Holzwände gelehnt und blutete stark aus einer Wunde am Kopf. Als er dich sah, fing er an, dich und deinen Mann wüst zu beschimpfen. Er schrie, er würde euch beide vernichten mit seinem Wissen und war kaum zu beruhigen. Du hast schließlich einen Golfschläger, der achtlos am Abschlag lag genommen und zugeschlagen. Krause fiel um und rührte sich nicht mehr. Du hast den Golfschläger am Griff abgewischt und in eines der Golfbags gesteckt, die dort am Abschlag lagen.

Dann bist du zurück und über die Feuerleiter wieder ins Hotelzimmer gelangt. Du hast kurz nach deinem Mann gesehen; er stand unter der Dusche. Es stellen sich 2 Fragen für dich: Wieso war Krause am Kopf verletzt? Hat er sich schon vorher mit einer Person auf der Driving-Range getroffen?

Und warum war Krause so wütend auf deinen Mann?

Du hast eben schon einmal eure Sachen gepackt. Dein Mann ist immer sehr unordentlich. Wo ist sein Jogging-Anzug? Du bist sicher, dass ihr diesen bei der Anreise im Gepäck hattet. **Frag deinen Mann danach.**

Du hast Sophia gestern zu deiner wohlhabenden Mutter (Berta Hogenfeld) gebracht. Dort lagen Papiere herum, die deine Mutter als Miteigentümerin des Golfplatzes ausweisen. Sie soll mit einer Million Euro beteiligt sein. Du hast deine Mutter darauf angesprochen. Sie sagte nur, du sollst deinen Mann danach fragen; dem habe sie alle Papiere unterschrieben und sie vertraue ihm voll und ganz.

Frage deinen Mann danach. Wieso hat deine Mutter eine Million investiert, ohne dass dies mit dir besprochen wurde?

Sonstiges:

Dein Mann ist als Landrat sehr viel unterwegs; er kann sich nur recht wenig um Sophia kümmern und du weißt auch, dass er von deiner Schwangerschaft nicht begeistert war. Er ist halt älter als du und hat kaum noch den Nerv, sich um ein so kleines Kind zu kümmern.

Ihr seid übrigens auch beide geübte Golfer. Du hast ein gutes Handikap und dein Mann ebenfalls.

Du musst nun selbst entscheiden, was du von den Geschehnissen der Nacht zugeben willst.
Ein Motiv für diese Tat haben hier sicher mehrere Personen. Es sollte daher gelingen, den Verdacht auf eine andere Person zu lenken. Viel Glück!

Gib auf keinen Fall ein Geständnis ab; zum Schluss der Ermittlungen lösen wir den Fall gemeinsam auf.

Vorstellungstext Edwin Schickerl, Kripo Wulfrathshausen
(bitte nach MariLu in der Runde vortragen)

Tja, meine Damen und Herren,
ich habe ein vorläufiges Pathologieergebnis:
Der Tote wurde ca. zwischen 24:00 Uhr und 00.30 Uhr mit einem
Golfschläger niedergestreckt. Der Schlag traf ihn seitlich, also an
der Schläfe. Gewehrt hat er sich das Opfer nicht; die Hände und
Arme waren unverletzt. Sieht so aus, als habe ihn der Schlag voll-
kommen unvorbereitet getroffen. Unser Pathologe meint zudem,
der Schlag sei in der Ausführung vermutlich von einem guten Golfer ausgeführt worden. Die Spurenlage ergibt ein solches Bild. Der
Täter stand am Abschlag und hat mit Schwung zugeschlagen. Mei,
des hat gespritzt ... so wie der Tatort aussah. Schlimm.

Wir ermitteln in alle Richtungen. Allerdings, hier in der Gegend ist
ja außer dem Golfplatz weit und breit nix los. Nur des Hotel steht
hier und im Hotel hat ja die Gala stattgefunden. I wor ja auch dorten, auf der Gala. Sie war so gegen ca. 22:30 Uhr beendet und die
Gesellschaft hat sich aufgelöst.

Die Frau Schwammberger hat mir gesagt, dass so gegen 23:00 Uhr
wirklich alle aus dem Speisesaal fort fahren. Ein paar Leut haben
noch in der Bar gesessen; aber net so viele. Und um 23:30 Uhr hat
sie die Videoüberwachungsanlage angeschaltet. Da haben wir
schon reingeschaut. Und wir konnten sehen, wie der Ermordete
das Hotel exakt um 23:45 Uhr verlässt. Wieder hineingekommen
ist er nicht, logisch, gell.
Man läuft vom Hotel bis zur Driving-Range gute 10 Minuten; das
habe ich eben selbst ausprobiert.
Heißt, der Herr Krause kam dort an und wurde quasi schon wenig

später erschlagen.

Leider hat wohl niemand etwas beobachtet; obwohl die Driving-Range ja rund um die Uhr beleuchtet ist. Es ist ja so eine „Rund um die Uhr"-Driving-Range, gell? Tja ... aber gestern Nacht war da natürlich noch nichts los, weil ja der Golfplatz erst heuer eröffnet werden sollte.

Die Driving-Range ist vorerst gesperrt, jedenfalls solange, bis die Spusi da alles untersucht hat.

Dafür bitte ich um Verständnis. Ja ... und abreisen tut bitteschön auch noch niemand, gell.

Zunächst müssen wir alle Personen vernehmen. Danke für Ihre Mitarbeit.

Hinweise Edwin Schickerl

Weitere Informationen für dich! Du darfst von all diesem Wissen in der Ermittlungsrunde Gebrauch machen! Wenn du etwas gefragt wirst, solltest du die Wahrheit sagen, denn du bist nicht der Täter und hast nichts zu befürchten.

Ihr habt die Telefonverbindungen des Toten gecheckt: Toni Hofer hat um 23:15 und um 23:20 Uhr die Nummer vom Krause gewählt. Es kam aber keine Verbindung zustande. Was wollte der Pfarrer von Krause?

Kurz vor seinem Tod, gegen 23:40 Uhr, hat Krause einen weiteren Anruf erhalten; die Nummer war aber leider unterdrückt.

Das Hotel verfügt über eine Überwachungskamera im Foyer. Die Videoaufnahme zeigt gegen 00:45 Uhr den Landrat Grandl. Er verlässt das Hotel mit einer kleinen Tüte unter dem Arm und kommt nach ca. 10 Minuten ohne die Tüte wieder zurück. **Frag den Grandl, was er um diese Uhrzeit draußen gemacht hat.**

Max Weiblinger ist um 00:15 Uhr auf der Landstraße, die nach Wulfrathshausen führt, in eine Alkoholkontrolle geraten. Das heißt, er hat das Hotelgelände spätestens um 24:00 Uhr verlassen.

Und Traudl Weiblinger wurde um 00:15 Uhr in der Nacht auf der Landstraße geblitzt. Sie fuhr in Richtung Golfhotel und war mit 90 km/h unterwegs; sprich sie darauf an. Hier sind nur 70 km/h erlaubt. Und wieso ist sie überhaupt noch dort herumgefahren?

Der Tote hatte einen Zettel in der Hosentasche. Darauf war hand-

schriftlich notiert:
„Nutzungsänderung Wiesenland-Golfplatz???"
Was kann das bedeuten?
Frag den Landrat danach; der kennt sich doch aus in diesen Dingen.

Du hast auch mit der Redaktion des Toten telefoniert; er war nicht sehr beliebt und sein Job stand auf der Kippe. Er hat aber gestern am späten Abend noch seinen zuständigen Chefredakteur angerufen und diesem eine Riesenstory aus Wulfrathshausen versprochen. **Was kann das für eine Story gewesen sein?**

Und jetzt noch etwas ganz Wichtiges:
Eben hat dich der Pathologe angerufen. Es gibt Neuigkeiten:
Auf der Driving-Range gibt es 2 Blutspuren. Eine am Abschlag und eine weitere an einer der Holzwände daneben; beide Blutspuren stammen vom Opfer.
Es ergibt sich nun folgende Spurenlage: Krause wurde zunächst am Abschlag niedergeschlagen; schleppte sich dann zur Holzwand und setzte sich dort nieder. Kurz darauf schlug der Täter erneut zu und tötete Krause mit einem zweiten Schlag.

Außerdem hat die Spusi einen Golfschläger mit Blutspuren gefunden. Dieser stand mit anderen Schlägern in einem Golfbag auf der D-Range für Gäste der Eröffnung bereit. Es gibt aber keine Fingerabdrücke. Vermutlich ist dies die Tatwaffe.

Es gibt des Weiteren eine Fußspur „querfeldein". Das heißt, es ist eine Person, vielleicht nach der Tat und in Panik, nicht über die Wege des Golfplatzes gelaufen, sondern quer über das Gelände, Richtung Golfhotel.

Derjenige, der den Herrn Krause zuerst niedergeschlagen hat, muss nicht zwingend die gleiche Person sein, die den zweiten Schlag ausgeführt hat.

Gib diese Erkenntnisse an die anderen weiter.

Suche nach Motiven: Wer hatte **wirklich** einen Grund, den Journalisten Krause zum Schweigen zu bringen?

Ging es um Hass, Eifersucht, Liebe oder Gier/Geld?

Dies sind die häufigsten Mordmotive.

Nach den Ermittlungen schreibt jeder auf, wen er für den Täter hält. Später lösen wir den Fall dann gemeinsam auf.

Vorstellungstext Susi Hosenbein
(bitte nach Edwin in der Runde vortragen)

Früher habe ich ja im Bürgermeisteramt gearbeitet, da war der Xaver Moosgruber noch Bürgermeister. Als dann die Frau Traudl das Amt übernahm, wurde meine Stelle wegrationalisiert. Ich muss aber sagen, dass die Frau Bürgermeisterin mir sofort eine neue Anstellung in Wulfrathshausen besorgt hat. Ich konnte beim alten Pfarrer Luitpold Huber ins Pfarramt wechseln. Das war fast wie im Bürgermeisteramt, also auf jeden Fall so ähnlich. Und den Haushalt vom Pfarrer, den hab ich dann, so praktischerweise, nebenbei mit erledigt. Auf jeden Fall freut`s mich sehr, dass der Herr Hofer jetzt da ist. Ich hoffe, ich kann dann im Pfarramt bleiben. Und was soll ich euch sagen: Der Herr Hofer hat, sozusagen zum Einstand hier, schon ein wirkliches Wunder vollbracht. Die alte Buchmüllerin, die doch schon ein paar Tage im Sterben lag ... die steht nach seiner letzten Ölung wieder im Stall und melkt die Kühle. Ist das nicht wirklich, wirklich wunderbar? Wenn er das nochmal hinkriegt, dass einer, der zum Sterben daliegt, nach der Ölung wieder aufsteht, dann machen wir aus Wulfrathshausen noch an Wallfahrtsort.
Ja, das wär`s ja, gell?

Hinweise Susi Hosenbein

Weitere Informationen für dich! Du darfst von all diesem Wissen in der Ermittlungsrunde Gebrauch machen! Wenn du etwas gefragt wirst, solltest du die Wahrheit sagen, denn du bist nicht der Täter und hast nichts zu befürchten.

Du hast gestern Abend auf dem Heimweg vom Gala-Dinner den Max Weiblinger gesehen. Er stand mit seinem Wagen auf dem Parkplatz des Hotels, so, als warte er auf jemanden. War er noch verabredet? Dies war so gegen 23:50 Uhr, also vor dem Mord. Vom Parkplatz bis zur Driving-Range sind es zu Fuß ca. 10 Minuten. **Erzähle den anderen davon.**

Und wenn dich nicht alles täuscht, flirtet der neue Pfarrer mit dir. Du bist verwirrt. Wie kann das sein?
Er ist doch katholischer Pfarrer. Darf er das?

Vor vielen Jahren erbte die Gemeinde Wulfrathshausen den Hof der Familie Schieferle. Rosi Schieferle, die einzige Tochter, war unbekannt verzogen; man hat sie damals, trotz Recherche, nicht mehr ausfindig machen können.
Der Xaver Moosgruber hat den Hof der Familie Schieferle dann von der Gemeinde gekauft. Er hat 75.000,00 Euro dafür gezahlt. Dies ist ein vergleichsweise geringer Betrag für ein so großes Anwesen. Andererseits war der Hof auch recht heruntergekommen. Du hast dir damals keine Gedanken deswegen gemacht; aber ein „Geschmäckle" hat die Sache schon. Schließlich war der Xaver damals der Bürgermeister des Ortes. **Berichte den anderen davon.**

Zum Golfplatz:
Nun endlich erfüllt sich der Traum vom Moosgruber. Er hat in den

letzten Wochen an verdiente Bürger Gutscheine für die Driving-Range verteilt. Wer so einen Gutschein bekommen hat, darf hier 10x kostenlos üben. Du hast auch einen solchen Gutschein erhalten und freust dich schon aufs Training.

Nach den Ermittlungen schreibt jeder auf, wen er für den Täter hält. Später lösen wir den Fall dann gemeinsam auf.

Vorstellungstext Josefine Weiblinger
(bitte nach Susi in der Runde vortragen)

Ich bin Josefine Weiblinger, die Mutter von Max und Linda. Vom Konrad Weiblinger, der ja vor einigen Jahren tragisch zu Tode kam, wurde ich schon geschieden, als der Max und die Linda noch kleine Kinder waren.

Sie wuchsen beim Vater auf und ich ging nach Spanien. Dort habe ich mir eine neue Existenz aufgebaut.

Ich bin nur für ein paar Tage hier in Wulfrathshausen zu Besuch, weil ich unbedingt bei der Beerdigung vom alten Pfarrer Huber dabei sein wollte. Der Pfarrer Huber war ein so wunderbarer Mensch. Zu der Golfplatzeröffnung war ich nicht eingeladen; mei, die Traudl war mal meine Schwägerin und wir hatten immer ein sehr distanziertes Verhältnis zueinander und der Moosgruber, ... sagen wir mal so: Er hat bei der Scheidung von meinem Mann Konrad damals sehr zu Konrads Gunsten ausgesagt und mir dadurch enorm geschadet. Freunde werden wir sicher nicht mehr.

Also, wie dem auch sei; ich reise morgen wieder ab. Da kann er sich auf den Kopf stellen, der Herr Schickerl. Morgen früh geht meine Maschine.

Hinweise Josefine

Weitere Informationen für dich! Du darfst von all diesem Wissen in der Ermittlungsrunde Gebrauch machen! Wenn du etwas gefragt wirst, solltest du die Wahrheit sagen, denn du bist nicht der Täter und hast nichts zu befürchten.

Rückblick:
Dein Sohn Max war vor Jahren mit Susanne Schwammberger liiert, bis er sie deinem Ex-Mann Konrad vorstellte. Konrad hat dem Max dann tatsächlich die Braut ausgespannt. Kurz bevor Konrad die Susanne heiraten wollte, fiel er einem Verbrechen zum Opfer. Dies ist aber nicht Bestandteil unseres Krimis heute Abend.

Susanne wurde kurz darauf Mutter einer Tochter, der Floriane. Sie ist dem Konrad wie aus dem Gesicht geschnitten. Floriane soll nun offiziell als Weiblinger anerkannt werden; es geht natürlich um Konrads Erbe. Du bist dagegen, dies kannst du ruhig zum Ausdruck bringen, wenn die Sprache darauf kommt.

Brisant: Deine Tochter Linda lebt seit Jahren in Brasilien. Sie hat dort mit ihrem Mann Johannes eine Zweigstelle der Weiblinger-Brauerei eröffnet und eine Familie gegründet. Fakt ist, dass Linda nicht die Tochter deines verstorbenen Mannes Konrad ist. Konrad hat dich nach Strich und Faden betrogen, da hast du es ihm irgendwann mit dem Landrat Grandl heimgezahlt. Linda ist die Tochter vom Landrat; Linda und Max sind daher nur Halbgeschwister.

Toni Hofer möchte gerne etwas über seine Mutter, die Rosi Schieferle wissen. Du kannst ihm da wirklich was erzählen. Dein Ex-Mann Konrad hatte seinerzeit eine heiße Affäre mit der Rosi. Als sie Wulfrathshausen so rasch verließ, war sie schwanger. Das weißt du vom damaligen Pfarrer. Aber auch der Moosgruber war sehr interessiert an der bildhübschen Rosi.

Versuche, gemeinsam mit den anderen ein Motiv für diese Tat zu finden.

Nach den Ermittlungen schreibt jeder auf, wen er für den Täter hält. Später lösen wir den Fall dann gemeinsam auf.

Vorstellungstext Neutraler Beobachter

(bitte als letzter in der Runde vortragen)

Ich nehme als neutraler und unabhängiger Beobachter an dieser Ermittlungsrunde teil.

Dies ist insofern von Vorteil, als dass ich sehr genau hinhören und aufpassen kann, denn ich bin nicht so befangen wie alle anderen am Tisch.

Der Mörder kann sich also darauf gefasst machen, dass ich die Person bin, vor der er sich am meisten in Acht nehmen muss.

Ich werde sehr genau darauf achten, was die einzelnen Personen aussagen und bin sicher, dass ich dem Täter auf die Spur kommen werde.

Hinweise Neutraler Beobachter

Weitere Informationen für dich! Du darfst von all diesem Wissen in der Ermittlungsrunde Gebrauch machen! Wenn du etwas gefragt wirst, solltest du die Wahrheit sagen, denn du bist nicht der Täter und hast nichts zu befürchten.

Auf den ersten Blick kommt es dir vielleicht etwas langweilig vor, keine eigene Rolle zu haben. Das ist aber auf keinen Fall so, denn du hast als einziger am Tisch den Kopf frei und musst dich nicht mit eigenen Motiven und dergleichen beschäftigen.

Einige der Personen, die hier am Tisch sitzen, haben ein kleines oder größeres Geheimnis - und diese Geheimnisse gilt es, herauszufinden. Oft gehen gute Ermittlungsansätze im Gespräch unter, weil neue Vorwürfe laut werden und das vorher Gesprochene in Vergessenheit gerät. Höre genau hin und versuche, jeder einzelnen Aussage auf den Grund zu gehen. Mach dir Notizen, wenn du etwas wichtig erachtest.

Sei darauf gefasst, dass du schon alleine wegen deiner Anwesenheit verdächtigt werden kannst. Verteidige dich vehement, denn du hast ja nichts getan. Überlege dir eine gute Ausrede, warum du überhaupt von dem Mord erfahren hast. Warum warst du vor Ort? Wer hat dich informiert? Verbünde dich mit einem der Beschuldigten und verteidige ihn vehement, aber nur mit jemand, den du selbst als Täter ausschließt!

Bedenke:

Die meisten Morde sind eine Beziehungstat und geschehen aus Eifersucht oder verschmähter Liebe. Aber auch die Gier darf nicht als Motiv unterschätzt werden. Der springende Punkt heute ist:

Wer hatte ein Motiv, diese Tat zu begehen und wer die Gelegenheit?

Nach den Ermittlungen schreibt jeder auf, wen er für den Täter hält, und später lösen wir den Fall gemeinsam auf.

Auflösung:

Was konnte man heute Abend ermitteln? Wer hatte ein Motiv, den Journalisten Krause auf der Driving-Range zu erschlagen? Und müssen wir einen oder zwei Täter suchen, denn wir wissen ja vom Hauptkommissar Schickerl, dass 2x zugeschlagen wurde und erst der letzte Schlag tödlich war.

Wir sind uns sicher einig, dass ein paar Personen gleich ausgeschlossen werden können, denn sie haben kein erkennbares Motiv:

Dies sind Edwin Schickerl, Susi Hosenbein, Josefine Weiblinger und auch Susanne Schwammberger. Sie alle fallen aus dem Kreis der Verdächtigen heraus. Susanne hat zwar Schwierigkeiten zu beweisen, dass ihre Tochter Floriane ein Kind vom lange verstorbenen Konrad Weiblinger ist, aber ein Motiv, den Journalisten zu beseitigen hat sie nicht.

Ebenfalls kein Motiv hat Max Weiblinger. Er ist zwar, das wissen Sie inzwischen, der Vater der kleinen Sophia Grandl. Der Journalist Krause hat Max Handy durchforstet, als Tante Traudl es während des Gala-Dinners aus den Händen gegeben hat und Krause hat eine verräterische und eindeutige WhatsApp -Nachricht von Mari-Lu gelesen. Max selbst ist das aber relativ egal. Er ist weder verlobt, noch verheiratet und niemandem Rechenschaft schuldig. Insofern hat auch Max kein Motiv für eine solche Tat. Krause sprach Max am Abend in der Bar aber auf die Vaterschaft an; hierzu kommen wir später noch.

Schauen wir weiter auf die Nebenschauplätze:

Toni Hofer ist gar kein Pfarrer, sondern Gastwirt in Berlin. Er suchte hier in Wulfrathshausen seinen leiblichen Vater. Mit dem Mord hat dies aber nichts zu tun.

Allerdings hat Toni bei den Recherchen über den Hof seiner Großeltern herausgefunden, dass der Xaver Moosgruber den Hof seinerzeit recht preiswert gekauft hat und dass jetzt dort, wo früher der Hof stand, die neue Driving-Range vom Golfplatz ist. Außerdem hat Toni alle Verfahren genau geprüft und dabei festgestellt, dass eine wesentliche Genehmigung beim Bau des Golfplatzes versäumt wurde einzuholen: Die „Nutzungsänderung vom Wiesenland zur Sportstätte" wurde vom Landratsamt glatt vergessen. Toni notierte dies auf einem Zettel als Gedankenstütze und verlor diesen Zettel am Abend auf dem Herren-WC. Der Journalist Krause hat diesen Zettel dummerweise gefunden, dazu kommen wir später noch.

Krause hat Toni am Abend auf einen anderen Umstand angesprochen: Er hat ihn als Berliner Gastronom erkannt. Toni hat ihm daraufhin gestanden, warum er wirklich in Wulfrathshausen ist. Später hat Toni versucht, den Journalisten anzurufen. Er wollte ihn um Verschwiegenheit in der Vaterschaftssache bitten. Krause ging aber nicht an den Apparat.

Allerdings ergibt sich aus diesen Umständen auch kein Motiv für einen Mord.

Kommen wir zu Xaver Moosgruber. Xaver hat erfahren, dass es Probleme mit der nicht erteilten Nutzungsänderung vom Wiesenland zur Sportstätte gibt. Der Landrat selbst hat Xaver über dieses Versäumnis in den letzten Tagen unterrichtet. Ohne diese Nutzungsänderung hätten weitere Genehmigungen für den Bau von Golfplatz und Hotel gar nicht erteilt werden dürfen. Das Landratsamt hat die Sache verbockt. Normalerweise müssten nun diese

Genehmigungen nachträglich erteilt werden, aber dies kann dauern und die Eröffnung von Golfplatz und Hotel erheblich verzögern. Zeit ist in diesem Fall aber tatsächlich Geld. Xaver und Traudl haben all ihr Vermögen hier eingebracht und die Schwiegermutter vom Landrat Grandl ist ebenfalls mit 1.000.000 Euro beteiligt. Wenn der Golfplatz jetzt nicht pünktlich an den Start geht, steht Xaver vor dem Bankrott; und die Schwiegermutter vom Grandl wird auch Verluste hinnehmen müssen. Der Journalist Krause hat den kleinen Zettel, den der Toni Hofer auf dem Herren-WC verloren hat, gefunden und er hat die richtigen Schlüsse gezogen. Noch am gleichen Abend hat er den Xaver in der Bar auf den Umstand der fehlenden Genehmigung angesprochen und unmissverständlich klar gemacht, dass sein Schweigen in dieser Sache Geld kosten würde.

Xaver ist allerdings der Meinung, dass diese Probleme vom Landrat Grandl beseitigt werden müssen. Grandl hat dem Xaver am Abend des Gala-Dinners dann auch versprochen, die Angelegenheit zu regeln und Xaver hat sich darauf verlassen. Er ist am Abend ins Hotelzimmer gegangen und gleich tief und feste eingeschlafen. Xaver hat die Tat nicht begangen.

Traudl, die ja in der Tatnacht noch einmal zurück nach Wulfrathshausen musste, weil sie ihre Dirndl-Bluse vergessen hatte, wusste nichts von den Problemen mit der Nutzungsänderung, dies hat sie erst heute Abend bei den Ermittlungen erfahren. Sie hat somit ebenfalls kein Motiv, dem Journalisten etwas anzutun.

Was ist also in der dieser Nacht passiert?

Der Landrat Grandl hat dem Xaver versprochen, die Dinge mit der Nutzungsänderung und dem Herrn Krause zu regeln und er hatte auch schon eine patente Lösung im Blick. Nach dem Dinner rief er den Herrn Krause auf seinem Zimmer an und bat um ein Gespräch. Wissen Sie noch, dass Krause erstaunt war, wer ihn da anrief? Mit einem Anruf vom Landrat hatte er nicht gerechnet. Krause verabredete sich also mit dem Landrat Grandl auf der Driving-Range. Er wählte diesen Ort, weil er dort in dieser Nacht noch eine weitere Verabredung hatte.

Der Herr Grandl ging über die Feuerleiter hinüber zur Driving-Range. MariLu hatte sich bereits zurückgezogen; die beiden übernachteten ja, wie wir aus den Ermittlungen wissen, in 2 getrennten Schlafzimmern. Bei diesem nächtlichen Treffen bot unser Landrat dem Journalisten Krause die vakante Stelle als Pressesprecher im Landratsamt an. Wir haben ja in der Vorlesegeschichte erfahren, dass diese Stelle neu besetzt werden muss. Die beiden einigten sich sehr schnell. Herr Krause war froh über diese doch langfristig guten beruflichen Aussichten. Nach diesem für alle Seiten erfreulichen Gespräch bat der Journalist den Landrat, ihm einmal einen Abschlag vorzuführen, denn er interessierte sich dafür, den Golfsport zu erlernen. Dieser Bitte kam Grandl gerne nach; er ist ein sehr guter Golfer. Grandl legte also einen Ball zurecht, nahm einen Leihschläger, der für die Eröffnungsgäste schon bereitstand und schlug ab. Es gelang ihm ein wirklich toller Schlag, ... aber leider traf er beim Rückschwung – völlig aus Versehen – den Journalisten. Dieser war, um besonders gut hinschauen zu können, unbemerkt viel zu nahe an den Herrn Landrat heran getreten und fiel wie ein gefällter Baum um. Grandl dachte, er habe ihn erschlagen. Er wischte spontan seine Fingerabdrücke ab, ließ den Golfschläger fallen und rannte, querfeldein über die Wiesen, zurück ins Hotel, die Feuerleiter hinauf, in die Suite. Er lauschte an MariLus Schlafzimmertüre, alles war still. Der Landrat sprang unter die Dusche, denn er hatte Blutspritzer abbekommen. Seinen in der Nacht getragenen Jogging-Anzug verbrachte er danach in einer Plastiktüte ins Auto und ging dann schlafen. Bei diesem Weg hat der Herr Grandl die Hotelhalle genutzt; daher war er auf den Videoaufnahmen in der Halle zu sehen.

MariLu indes war zu diesem Zeitpunkt gar nicht in ihrem Schlafzimmer. Sie hatte noch ein Treffen mit Max im Auto. Max erzählte ihr, dass Krause durch ihre WhatsApp-Nachricht auf seinem Handy wusste, dass Sophie ein Kuckuckskind ist. Nun wusste MariLu, warum der Herr Krause sie am Abend angerufen und in der Nacht zur Driving-Range bestellt hatte. Er wollte, so hatte er sich ausgedrückt, ein „Gespräch über ihre Zukunft" mit ihr führen. Es lief alles auf Erpressung heraus, dies war MariLu spätestens seit dem Treffen mit Max im Auto klar.

Als Max nach Hause fuhr, ging MariLu zu diesem Treffen. Sie fand den Journalisten verletzt vor; er lehnte an der Holzwand der Driving-Range und blutete stark am Kopf. Als Krause sie sah, fing er an, sie und den Landrat wild zu beschimpfen. Krause dachte nämlich, dass der Landrat ihn absichtlich mit dem Golfeisen niedergeschlagen habe, ihn also zum Schweigen bringen wollte.

Er schimpfte und brüllte, er würde MariLu und ihren Mann vernichten, die Presse über Interna informieren und auch dafür sorgen, dass jeder erfahre, dass MariLu dem Landrat ein Kuckuckskind ins Nest gelegt habe.

MariLu griff schließlich zu dem Golfschläger, der nach wie vor am Abschlag lag und gab Krause mit einem Schlag auf den Kopf den Rest. Dann wischte auch sie den Schläger ab, stellte ihn zurück in eines der Golfbags und verließ die Driving-Range.

MariLu Grandl ist heute Abend unsere Täterin!

Abschließend können wir sagen:
Es waren unglückliche Umstände, die zu dieser Entwicklung geführt haben. Wenn MariLu und ihr Mann sich in dieser Nacht auf dem Golfplatz begegnet wären, dann wäre die Sache ggf. anders für den Herrn Krause ausgegangen. Aber Grandl rannte nach seinem Schlag ja querfeldein und nicht über den Weg, auf dem MariLu gerade zur Driving-Range unterwegs war.

Bitte übergeben Sie nun noch diesen Brief an Toni Hofer:

Brief Toni:
An Herrn Toni Hofer
Sehr geehrter Herr Hofer,
wir haben in Ihrem Auftrag 3 DNA-Analysen durchgeführt und
teilen Ihnen nachstehend die Ergebnisse mit:

1. Getestet wurde Herr Toni Hofer
– Genmaterial: Wattestäbchen
Im Vergleich **Probe X.M.**
- Genmaterial: Zigarrenstummel
Durchgeführt wurde ein Vater-Sohn-Test
Ergebnis: Eine Vaterschaft kann zu 100 % ausgeschlossen werden.

2. Getestet wurde Herr Toni Hofer
– Genmaterial: Wattestäbchen
Im Vergleich **Probe A.G.**
- Genmaterial: Taschentuch
Durchgeführt wurde ein Vater-Sohn-Test
Ergebnis: Eine Vaterschaft kann zu 100 % ausgeschlossen werden.

3. Getestet wurde Herr Toni Hofer
– Genmaterial: Wattestäbchen
Im Vergleich Probe **M.W.**
- Genmaterial: Haare
Durchgeführt wurde ein Bruder-Bruder-Test
Ergebnis: **Y-DNA-Profil positiv.**

Zur Erklärung:
Sind die in Frage kommenden Personen männlich, können mit Hilfe Y-chromosomaler Marker zusätzlich paternale Abstammungsli-
nien untersucht werden und sehr präzise Ergebnisse über den Ver-

wandtschaftsgrad aufzeigen. Ein Sohn hat immer das gleiche Y-Chromosomen-Profil wie sein Vater/Großvater.

Auch zwei Brüder haben demnach ein ununterscheidbares Y-DNA-Profil, wenn sie denselben Vater haben. Wenn zu untersuchende Geschwister also männlich sind, kann mit dem Y-Chromosomen-Test eine höhere Verwandtschaftswahrscheinlichkeit erreicht werden, als mit dem klassischen Geschwistertest.

Herzlichen Glückwunsch: Bei der Probe M.W. handelt es sich zu 99,9 % um Ihren Bruder.

Mit freundlichen Grüßen
Ulrike Möllenhauer

Schlusswort / Wie alles weiterging:

Edwin Schickerl lauschte ungläubig in den Telefonhörer. „Sie ziehen den Fall also ab nach Berlin? Ahahahaha. Und Sie glauben tatsächlich, dass der Täter aus dem Umfeld einer Sportmafia kommt? Ahahahaha. Und das man dem Herrn Krause hierher gefolgt ist? Ahahahaha. Also ich denk ja….ahahaha. Sie wollen nicht hören, was ich denke. Ahahaha. Ja mei, dann viel Spaß bei den weiteren Ermittlungen."
Schickerl legte den Hörer auf und dachte kurz nach. Eigentlich hatte er aufgrund seiner Ermittlungen einen Haftbefehl gegen MariLu Grandl erwirken wollen, aber so sollte es ihm auch recht sein. Eine junge Mutter zu verhaften, ging ihm eh völlig gegen den Strich.

„Mei, es war doch ein schöner Tag, gell?" stellte Xaver eine Woche später zufrieden fest und legte sich neben Traudl ins heimische Ehebett.
Diese nickte zustimmend und kuschelte sich an ihren Mann.
„Ja, des war's. Und wie du endlich das Bandl durchgeschnitten hast, einfach riesig!"
Xaver grunzte zufrieden.
„Jetzt ist er endlich eröffnet, unser Wulfrathshausener Golfplatz. Und ausgebucht sind wir auch. Ich hab ja immer gesagt: Wir schaffen das und das die im Landratsam die Genehmigung für die Nutzungsänderung doch noch gefunden haben, das war natürlich wunderbar. Sie lag, so sagte man mir, einfach in einer falschen Akte. Sachen gibt's!"
Traudl lächelt zustimmend.
„Für mich ist einfach auch so schön, dass sich der Toni und der Max sich so gut verstehen. Es ist ja irgendwie auch spannend, wenn man als Erwachsener plötzlich noch einen Bruder bekommt."
Xaver nickte bedächtig.
„Das es allerdings ein Preuße sein muss … das trübt die Sache schon ein wenig. Andererseits scheint er ja ein angenehmer Mensch zu sein und die kleine Floriane hat jetzt gleich 2 große

Brüder. Alles Kinder vom Konrad. Mei, mei ... wenn der das noch hätte erleben können."

„Nur schade, dass der Grandl und die MariLu nicht dabei waren. Was meinst du, wird das nochmal was mit den beiden?

Xaver zuckte mit den Schultern.

„Ich weiß es nicht. Die MariLu ist nun erstmal mit ihrer Mutter und der kleinen Sophia auf Weltreise. Man muss halt schauen, wie es wird, wenn sie zurück sind."

Traudl nickte. „Ist der Grandl denn zufrieden mit seinem neuen Posten?"

„Soweit ich weiß, ja. Ich denke schon, dass er der richtige Mann an der richtigen Stelle ist.

Da, bei seiner neuen Stelle, da fliegen ständig die Fetzen und die haben wirklich Personalnotstand in der Führungsetage. Aber so ein fähiger Mann, wie der Grandl, der wird den Laden schon aufräumen, des sag ich dir. Da muss einer hin, der korrekt arbeitet...und da haben sie mit dem Grandl an Glücksgriff getan bei der Fifa. Das sag ich dir."

Und dann knipste Xaver das Licht aus.

Autorenportrait

Cornelia H.-Müller ist seit 2006 als Autorin tätig. Ihr Genre sind Mitspielkrimis, Kinderspielgeschichten und Theaterstücke.

Autorenkontakt über
glashauskrimi@glashauskrimi.de

Besuchen Sie Cornelia H.-Müller auf ihrer Homepage:

www.glashauskrimi.de

**Weitere Bücher von Cornelia H.-Müller, erschienen im
Edition Paashaas Verlag:**

Krimiparty:
5 neue Fälle für Ihre Ermittlungen zu Hause
Edition Paashaas Verlag
Originalausgabe, Mai 2011,
Neuauflage April 2015
Paperback, 188 Seiten
ISBN: 978-3-9813928-8-3, Preis: 13,95 €

Entdecken Sie Ihren kriminalistischen Spürsinn!
Mithilfe dieses Buches können Sie zu Hause gemeinsam mit Ihren
Familienmitgliedern und Gästen auf Tätersuche gehen. Sie ermitteln und befragen, Sie bewerten Tatsachen und Aussagen und Sie
finden schließlich heraus, wer der Täter oder die Täterin ist.

Diese Krimis finden Sie in dem Buch:

Irrtum oder Absicht? - Für 5-7 Spieler
Mord in bester Gesellschaft - Für 6 Spieler
Muttertag - Für 8-10 Spieler
Mann über Bord - Für 7-10 Spieler
Feine Verhältnisse! - Für 7-10 Spieler

Altersempfehlung: 12 bis 99 Jahre

Krimiparty Sonderausgabe 1:
Plötzlich und erwartet

Ein Fall mit Kommissarin Henriette Kragenberg

Cornelia H.-Müller
1. Ausgabe, September 2012
Paperback, 72 Seiten,
ISBN: 978-3-942614-25-2, Preis: 7,95 €

Cornelia H.-Müller präsentiert einen weiteren Fall aus der beliebten Mitspiel-Krimi-Reihe Krimiparty:

Karl-Friedrich von Staffelberg, ein wohlhabender Gewürzfabrikant, lädt seine Familie und einige Freunde zu einem feierlichen Weihnachtsessen ein. Zum ersten Mal ist in diesem Jahr auch Karl-Friedrichs frischangetraute dritte Ehefrau, die junge und schöne Jaqueline, dabei.
Dies wäre kaum erwähnenswert, stünden nicht auch die beiden Ex-Ehefrauen des Fabrikanten, Irene und Monika, auf der Gästeliste. Zu alledem sieht sich der Gastgeber am Weihnachtsabend mit wirklich ärgerlichen Indiskretionen konfrontiert! Dennoch endet das Fest ganz harmonisch, doch am nächsten Morgen gibt es einen Toten in der Villa zu beklagen...

Helfen Sie mit, diesen mysteriösen Todesfall aufzuklären!

Mitspieler: 7 bis 10 Personen
Altersempfehlung: 12 bis 99 Jahre

Krimiparty Sonderausgabe 2: Workshop mit Todesfolge

Ein Krimi aus dem Allgäu.

Cornelia H.-Müller

1. Ausgabe, Januar 2013
Paperback, 72 Seiten,
ISBN: 978-3-942614-39-9, Preis: 7,95 €

Cornelia H.-Müller präsentiert einen weiteren Fall aus der beliebten Mitspiel-Krimi-Reihe "Krimiparty":

Toni Burger führt gemeinsam mit seiner Frau Zenzia einen einsam gelegenen Sennerhof inmitten des wunderschönen Allgäus. An einem Wochenende trifft sich dort oben auf 1800 m eine recht gemischte Reisegruppe, um mit einem Fasten- und Meditationsprogramm dem Alltag, zumindest für kurze Zeit, zu entfliehen. Ganz so friedlich wie die Wollschweine, die der Toni züchtet, ist die Gegend allerdings nicht, denn schon am zweiten Tag gibt es einen Toten zu beklagen.

Warum dieser sterben musste, was ein Wollschwein-Workshop unter Männern damit zu tun hat und warum ein Sylter Strandkorb auf einem Sennerhof im Allgäu steht ... dies herauszufinden, wird Ihre Aufgabe sein.

Mitspieler: 7 bis 10 Personen
Altersempfehlung: 12-99 Jahre

Krimiparty Sonderausgabe 3:
Die Rache

A Thriller - für Ladies only.

Cornelia H.-Müller
ISBN: 978-3-942614-41-2
72 Seiten, Paperback,
Format 13,5 x 21,5 cm
Preis: 7,95 €
Neuerscheinung März 2013

Die Rache ist süß... und manchmal zartbitter!

8 Frauen treffen sich an einem Wochenende im November in dem einsam gelegenen Landhaus der schwerreichen Camilla von Strelitz. Dort, in den Highlands nahe Iverness, sorgen ein Stromausfall, ein durchgebrannter Gaul und ein Todesfall für reichlich Abwechslung. Ermitteln Sie mit, wenn wir versuchen, etwas Licht in diesen nebulösen Fall zu bringen.

Mitspieler: 7 bis 10 Personen
Altersempfehlung: 12-99 Jahre

Krimiparty Sonderausgabe 4:
MorgenGrauen

Ein Mitspielkrimi aus Bayern

Cornelia H.-Müller
ISBN: 978-3-942614-58-0,
Paperback, 68 Seiten,
Format: 13,5 x 21,5 cm
Preis: 7,95 €
Neuerscheinung November 2013

Lokalzeitung Wulfrathhausen:
Der Brauereibesitzer Konrad Weiblinger wurde bei einem Jagdunfall im Wulfrathshausener Forst tödlich verletzt.
Nähere Umstände zu dem tragischen Unglück sind bislang nicht bekannt. Der Unternehmer war weit über die Grenzen Bayerns hinaus bekannt und geschätzt. Besonders tragisch ist, dass Konrad Weiblinger am kommenden Montag die Münchner Immobilienhändlerin Susanne Schwammberger heiraten wollte...

Mitspieler: 7 bis 10 Personen
Altersempfehlung: 12 bis 99 Jahre

Krimiparty Sonderausgabe 5:
Spargelsilvester

Ein ländlicher Krimi nicht nur zur Spargel-
zeit!

Cornelia H.-Müller
ISBN: 978-3-942614-71-9,
Paperback, 68 Seiten,
Format: 13,5 x 21,5 cm
Preis: 7,95 €

Harry Petterson, Spargelbauer und Besitzer von Gut Landswede in
Schleswig-Holstein, hat großen Grund zur Sorge. Ein hässlicher
Erbstreit trübt die Stimmung in der Familie ebenso, wie das au-
ßergewöhnliche Geschenk, welches Hetty dem gemeinsamen
Sohn Heiko ohne jede Absprache zum 22. Geburtstag gemacht hat.

Und Tochter Syke? Sie treibt sich neuerdings auffällig oft im Heu
herum und zickt mit ihrer aus Amerika angereisten Kusine Jaba
um die Wette.
Als das für die Landarbeiter, Freunde und Nachbarn ausgerichtete
Spargelfest zum Saisonende für einen der Bewohner des Hofes
tödlich endet, beginnt der Alptraum für Harry und die Seinen allerdings erst so richtig!

Und als besonderes Highlight gibt es passend zum Krimi noch ein
Spargelrezept von Sternekoch Sascha Stemberg!

Mitspieler: 7 bis 10 Personen
Altersempfehlung: 12-99 Jahre

Krimiparty Sonderausgabe 6 - Inkognito
- ein Hotelkrimi
Cornelia H.-Müller
ISBN: 978-3-945725-12-2
Paperback, 76 Seiten,
Format 13,5 x 21,5 cm
7,95 €
Neuerscheinung Februar 2015

Krimiparty Sonderausgabe 6 - Inkognito
Cornelia H.-Müller präsentiert einen weiteren Fall aus der beliebten Mitspiel-Krimi-Reihe "Krimiparty":

Spitzenkoch Jaques Pampelmues steht vor seinem größten Triumph; nachdem sein Kochbuch „Jaques á la Carte" seit Wochen auf den Bestsellerlisten steht, plant der Fernsehproduzent Frank Bachhausen jetzt eine eigene Kochshow im TV mit ihm. Man sollte annehmen, dies seien wunderbare Nachrichten für Jaques und seine tüchtige Frau Wanda, aber warum zickt Letztere plötzlich so herum? Und warum checkt die Schauspielerin Vanessa Steenhagen unter falschem Namen im Hotel Pampelmues ein?
Eine Leiche in Zimmer 223, ein Feueralarm und zwei vertauschte Koffer führen zu weiterer Verwirrung in diesem undurchsichtigen Fall.

Ermitteln Sie mit, wenn wir versuchen, die seltsamen Vorgänge im Hotel aufzuklären.

Mitspieler: 7 bis 11 Personen
Altersempfehlung: 12-99 Jahre

Krimiparty Kids - Band 1
Kunstraub in New York
Cornelia H.-Müller
Cover-Motive:
Marc Tollas / pixelio.de
Jens Kühnemund / pixelio.de
Cover designed by Michael Frädrich
© Edition Paashaas Verlag,
ISBN: 978-3-945725-25-2
Neuerscheinung Juli 2015
Paperback, 56 Seiten, Format 13, 5 x 21,5 cm
€ 7,95

Krimiparty Kids: Kunstraub in New York!
Der Künstler Harm Airbrush wittert die Chance seines Lebens, als
eine New Yorker Galeristin völlig überraschend einen Besuch in
seinem Hamburger Atelier ankündigt.
Sie ist allerdings nur an einem einzigen Bild interessiert und dieses
verschwindet wenig später auf rätselhafte Weise. Die Ermittlungen
führen unsere Mitspieler bis nach New York.
Werden sie den Kunstdieb entlarven können?

*Krimis lesen ist spannend, aber selbst einmal in einem Kriminalfall
mitzuspielen und zu ermitteln, ist noch viel interessanter!*
**Anders als bei der beliebten Krimiparty-Reihe geht es bei *Krimi-
party Kids* nicht um Mord. Daher sind diese Ermittlungen auch
für ein jüngeres Publikum bestens geeignet.**

Altersempfehlung: ab 12 Jahren
Mitspieler: 6 bis 7 Personen

Alle Bücher sind überall im Buchhandel erhältlich oder auch unter: **www.verlag-epv.de** zu bestellen.

Dort gibt es auch weitere Informationen zur Autorin.